AF295023

Among the scattered souls of heroes and villains alike,
only legends stand tall in the hour of darkness.

A. Tupolewa
Bastian J. Kurz

DIE EISPIRATEN

Ausweglos

Science Fiction Dystopia

Bibliografische Information der Deutschen Nationalbibliothek:
Die Deutsche Nationalbibliothek verzeichnet diese
Publikation in der Deutschen Nationalbibliografie, detail-
lierte bibliografische Daten sind im Internet über
dnb.dnb.de abrufbar.

TWENTYSIX
Eine Marke der Books on Demand GmbH

© 2022 A. Tupolewa - Bastian J. Kurz

Herstellung und Verlag:
BoD – Books on Demand, Norderstedt

ISBN: 9783740715038

Die Insassen der Baphomet 3 beobachteten, wie sich offenbar zwei Gruppierungen auf dem Lastschiff gebildet hatten. Eine bestand aus Soldaten, die andere aus verschiedenen Abenteurern und Glücksrittern. Letzteren war es gelungen, die Kommandogewalt über die Tin Lilly zu erlangen.

Silas befürchtete, dass Skyla bei den Kämpfen verletzt werden könnte, doch es schien, als achteten die Kombattanten darauf. Die Tupolew selbst verspürte dennoch Angst, nicht nur vor Querschlägern oder der Beschädigung des Schiffes, sondern auch davor, was man mit ihr vorhatte. Aber vielleicht massakrierten sich alle gegenseitig, so hoffte sie jedenfalls. Ihre wenigen Worte, die sie in einem winzigen, ungeknebelten Intervall ausstoßen konnte, schienen die Ursache dafür zu sein. Aus dem lauen Lüftchen war tatsächlich ein Sturm geworden und wenn sie Glück hatte, mauserte er sich noch zu einem ausgewachsenen Hurrikan.

Die Kontaktaufnahme per Minidrohne musste vorerst unterbleiben, da es zu gefährlich schien. Eine der mechanischen Fliegen war bereits zerstört worden, die beiden anderen setzten sich auf die Fesseln, jeweils eine vorne und eine hinten, um wenigstens alles im Blick zu behalten. Wenn die Keilerei vorbei war und das Wetter ihnen hold blieb, konnten weitere Drohnen ausgesandt werden. Noch immer wurde scharf geschossen, die spitzen Schreie der Getroffenen hallten durch die Luft. Leichen wurden unvermittelt über Bord geworfen. All das bekam Skyla über ihr Gehör mit.

Als die Soldaten ihre Niederlage einsahen, sprang auch der Rest vom Kahn, um von den Begleitschiffen und U-Booten aufgelesen zu werden. Tucker zögerte noch, es war nicht sein Ding so einfach aufzugeben. Da er alleine jedoch keine Chance hatte, sprang auch er. Nun befand sich die Tin Lilly komplett in den Händen der Abenteurer, auch abfällig Freaks genannt, die sich in Scharen gen Antarktis aufgemacht hatten, um das Kopfgeld für das Flugzeug einzustreichen. Einige der Soldaten desertierten und schlossen sich ihnen an, weil sie nicht an eine gerechte Verteilung der Belohnung glaubten. Shirley und Billy verbarrikadierten sich während der Kämpfe in ihrer Kabine, bis Don Dundey persönlich bei ihnen anklopfte.
Billy öffnete vorsichtig und blickte in die Mündung einer Pistole. „Hey, keinen Stress", rief sie. „Wir stehen auf eurer Seite."
Der Rockerboss musterte sie von oben bis unten, ehe er zu der hinter ihr stehenden Shirley blickte. „Nett. Ihr könntet meine neuen Betthäschen werden."
„Nichts da, Schätzchen", gurrte Billy. „Shirley und ich sind schon ein Paar, wenn du verstehst, was ich meine."
Dundeys Mundwinkel bogen sich etwas nach unten, während er nachdachte. Schließlich nickte er. „Meinetwegen. Aber seht zu, dass ihr euch nützlich macht."
„Klar doch."
Als die Tür wieder zu war, ließ sich Shirley aufs Bett plumpsen. „Das war knapp. Ich befürchtete schon, dass die uns vergewaltigen und massakrieren. Oder erst massakrieren und dann vergewaltigen."

„Dennoch mag ich das Gesindel nicht", erwiderte
Billy.
„Ich auch nicht, aber wir werden uns für eine Seite
entscheiden müssen."
Die Kopfgeldjägerin schnipste mit den Fingern.
„Nicht unbedingt. Wenn die Soldaten wirklich besiegt
sind, könnten wir versuchen, die Kerle zu überrum-
peln. Dann gehört der Kahn uns."
„Und wie willst du das anstellen?", fragte Shirley,
hielt dann aber inne, als sie laute Geräusche von draußen vernahm. Es klang wie ein Gelage. „Natürlich.
Die saufen doch wie die Löcher. Wenn wir etwas
finden, was wir denen ins Bier mischen können, dann
haben wir leichtes Spiel."
„Saugeile Idee. Ich werde mal nachschauen, ob es in
der Bordapotheke etwas passendes gibt." Mit diesen
Worten schlüpfte Billy hinaus. Zuvor vereinbarten sie
noch ein Klopfzeichen, da Shirley die Tür verriegeln
sollte. Die Rocker und ihre leichten Mädchen waren
in der Tat am Feiern. Das Bier floss in Strömen und
schon bald glich das Lastschiff einem Tollhaus. Die
Kopfgeldjägerin wurde zwar ein paarmal angespro-
chen, doch handgreiflich wurde niemand, und so
konnte sie unbehelligt durch die Gänge des Schiffs
schleichen. Auch Achmed war unterwegs. Ihn widerte
dieses Saufgelage an und er beschloss, Skyla einen
Besuch abzustatten. Als er vor ihr stand und die ganzen Fesseln betrachtete, insbesondere im Gesicht,
wurde ihm ganz blümerant. Der Knebel hatte etwas
von einer Pferdezäumung.
„Na, kennst du mich noch?", sprach er die Tupolew
an, kam dann sogleich näher und begann sie unterhalb
des Kinns und am Bauch zu streicheln. Dabei arbeite-

te er sich langsam von vorne nach hinten vor. „Gefällt dir das?", hauchte er.

Skyla gefiel es natürlich nicht und quittierte es mit Zusammenzucken und einem unwilligen Brummen.

So ging es eine ganze Weile, bis Miguel, der immer noch gefesselt auf dem Flügel lag, aufmerksam wurde.

„Achmed, bist du das? Hör auf das Flugzeug zu befummeln und hilf mir lieber."

Der Wrestler schaute nach und musste grinsen, als er den Brasilianer in seiner misslichen Lage erblickte.

„Na wenn das nicht mein allerbester Freund ist", höhnte er. „Ich sag dir was: Wenn ich dich da runterhole, verzichtest du auf deinen Anteil an der Belohnung und deine Knarre knutsch ich auch nicht."

„Ja Mann. Mach mich endlich los."

Achmed zog ein Messer und zerschnitt die Seile, die den dünnen Kerl an die Tupolew gebunden hielten. Der bedankte sich, sprang sofort herunter und machte sich auf die Suche nach Doomhammer. Als er die Waffe endlich fand, war er derart überglücklich, dass er sie von oben bis unten küsste und dabei wie ein Irrer tanzte. Achmed konnte nur mit dem Kopf schütteln. Er hätte den Knilch dort lassen sollen, wo er war, aber vielleicht erwies er sich noch als brauchbar.

„Hör zu", erklärte er ihm. „Die Soldaten sind alle abgehauen, jetzt ist Don Dundey der Boss hier."

„Was sagst du dazu, Doomhammer?", fragte Miguel als erstes sein Schießeisen und beantwortete die Frage sogleich mit verstellter Stimme. „Nicht schlecht, aber wir sollten lieber für den Ruhestand sparen."

„Lahme Waffe", sprach er weiter, jetzt wieder mit seiner richtigen Stimme.

Langsam füllte sich das Deck mit Feierwütigen, die
tranken und herumhurten. Shirley und Billy traten
herbei, jede trug ein kleines Bierfass vor sich her.
„Wohl bekomm's", sagten sie, stellten die Behälter ab
und verzogen sich. Sofort stürzten sich die Rocker
und ihre Untergebenen auf das Gebräu und inhalierten
es beinahe. Als einer es Achmed anbot, drehte er angewidert den Kopf weg.
„Bleib mir mit der Plörre fort!"
Auch Miguel bekam ein Becher voll Bier, steckte aber
erstmal den Lauf seiner Pistole hinein.
„Hey Doomhammer, wie schmeckt es?"
„Zu schlecht, um das Deck damit zu schrubben", antwortete er sich selbst, worauf der den Becher an einen
der anderen Zecher weiterreichte. Achmed drehte sich
um und wandte sich der Tupolew zu.
„Wo waren wir stehengeblieben? Ach ja."
Er konnte sich nicht an der gefesselten Maschine satt-
sehen und kurz darauf begann er auch wieder, sie zu
berühren. Skyla selbst blieb nichts anderes übrig, als
es zu erdulden, dennoch zeigte sie akustisch ihre Ab-
scheu gegen diesen in ihren Augen widerlichen Krin-
tenpaul. Durch den Knebel klang es nur stark ge-
dämpft, was Achmed noch mehr anstachelte.
„Wo bleibt nur meine Rettung?", fragte sich die Tupolew einmal mehr im Stillen. Sollte sie etwa noch
Wochen oder gar Monate in dieser unbequemen Lage
verbleiben? Zudem begannen einige der Stellen, an
denen Seile oder Ketten auflagen, zu schmerzen.
Silas kochte vor Wut, während er mit geballten Fäus-
ten auf den Monitor starrte. Was bildete sich dieser
Muskeln-ohne-Hirn-Kerl da eigentlich ein? Wenn
einer Skyla berühren durfte, dann war das wohl er

selbst und sonst niemand. Aktuell aber generell keiner, da die Tupolew menschliche Nähe nicht akzeptierte. Insgeheim hoffte er, dass sie es irgendwann zuließ und er vielleicht sogar in ihrer Kabine mitfliegen durfte. Aber nach dem was er bisher miterleben musste, würde sie sicher erst einmal ziemlich verstört sein. So oder so, er drängte darauf endlich etwas zu unternehmen.

„Die Armee ist doch weg, oder? Was hindert uns daran, anzugreifen und den Kahn zu übernehmen?" Komodo dachte ähnlich, er war jedoch besonnener.

„Das ist nicht so einfach, Neffe. Die Soldaten sind hier irgendwo, unser Radarbildschirm zeigt mehrere Kräfte in der Nähe. Die Gefahr ist einfach zu groß, dass das Schiff oder Skyla dabei Treffer abbekommen. Nein, wir müssen warten, bis sie an Land gehen."

Silas knirschte mit den Zähnen. „Warum ballern wir sie denn nicht ab? Wir dürften ihnen haushoch überlegen sein."

Sein Onkel seufzte. „Das sind wir. Aber was ist, wenn die Gegner dann mutwillig das Lastschiff versenken? Der NRA traue ich das zu. Und wenn es sinkt, gibt es für Skyla keine Rettung. Sie ist zu schwer, als dass wir sie abschleppen könnten, außerdem kann sie nicht schwimmen. Sie würde durch eindringendes Wasser großen Schaden nehmen und wahrscheinlich sterben."

Silas schwieg nun und schmollte, bis Komodo ihm die linke Hand auf die Schulter legte.

„Aber wir werden ihr mithilfe der Fliegendrohnen Mut zusprechen können."

Inzwischen hatte der Kahn die Südspitze Südamerikas erreicht und die See wurde wieder rauer. Don Dundey

10

stand umringt von mehreren leichten Mädchen auf der Brücke und schien unschlüssig, wohin er steuern sollte. Der Kahn war so alt, dass sein Autopilot manuell programmiert werden musste und offensichtlich hatte das niemand getan. Ben trat auf ihn zu, einen Becher Bier in der Hand.

„Wie fahren wir nun weiter, Boss?“

„Ich denke wir nehmen die Atlantikroute. Dort geht es durch die Karibik bis zur Mündung des Mississippi, dessen Lauf wir dann flussaufwärts folgen.“

Sein Handlanger nickte, auch wenn er nicht wirklich etwas begriff. Stattdessen trank er gierig sein Bier. Don ließ sich ebenfalls sein Gefäß neu füllen, die Prostituierten ebenfalls, die wacker mithielten.

Achmed hatte unterdessen eine Matratze geholt und breitete diese unter Skylas Bauch aus, ehe er sich darauf fallen ließ. „So lässt es sich aushalten.“

Auch andere breiteten ihre Schlafgelegenheiten an Deck aus, die sie jedoch zumeist für sexuelle Aktivitäten nutzten.

Shirley und Billy befanden sich in ihrer Kajüte und lauschten angestrengt, ob ihre Aktion endlich Wirkung zeigte. Sie hatten mehrere der Bierfässchen mit einem in der Bordapotheke gefundenen Abführmittel versetzt und mussten an sich halten, nicht lauthals zu lachen. Wenn die Freaks außer Gefecht waren, konnte man sie einsperren oder über Bord werfen, worauf die Tin Lilly dann ihnen gehörte. Dann brauchten sie nur noch einen geeigneten Strand anzusteuern, Skylas Fesseln lösen, sich in ihre Kabine begeben und wegfliegen. Shirley sprach dieses Thema gerade an.

„Wie kommen wir eigentlich an Bord des Flugzeugs?“

Billy war keine Freundin irgendwelcher gefühlsduse-
ligen Aktionen.

„Wir reißen einfach die Tür auf und steigen ein, wo ist
das Problem? Wenn das Ding nicht pariert, dann zeigen wir ihm, wer der Boss ist."

„Also nicht erst versuchen uns einzuschleimen?",
fragte Shirley.

„Vielleicht, aber ich halte es für besser gleich den
Holzhammer zu nehmen. Schließlich sind auch noch
die Soldaten da und die lassen sich garantiert nicht
vom flotten Otto aufhalten."

Shirley prustete lauthals los und hielt sich den Bauch
vor Lachen. „Das stelle ich mir gerade bildlich vor."
Skyla atmete auf, denn endlich hörte der schmierige
Typ auf, sie zu betatschen. Jetzt lag er anscheinend
unter ihr und gab seltsame Geräusche von sich, von
denen sie gar nicht wissen wollte, woher sie stammten. Es klang, als würde jemand auf eine Schwein-
elende einschlagen. Plötzlich stutzte sie, denn nahe
ihren Ohren summte etwas, gefolgt von einem leisten
Wispern.

„Skyla, hörst du uns? Wir sind es, Komodo, Silas,
Kira und die anderen."

Endlich, die Rettung nahte. Aber wo steckten sie? Die
Tupolew versuchte, mittels eines Brummens Antwort
zu geben. „Holt mich hier raus", schrie sie in Gedanken.

„Wir sind mit einer Drohne hier, müssen aber warten,
bis der Kahn anlandet. Dann können wir dich befrei-
en."

Diese Worte waren zwar einerseits aufmunternd,
gleichzeitig aber auch eine herbe Enttäuschung.
Schließlich wusste Skyla, dass man sie in die NRA

bringen wollte und das waren tausende von Kilometern. Um sie etwas aufzumuntern, erklärte ihr Silas noch, dass er Achmed ein wenig mit der Mechafliege ärgern würde. Der Wrestler lag im Halbschlaf auf seiner Matratze, als etwas um ihn herumschwirrte.
„Fliegen? Hier auf hoher See?", fragte sich der Iraner. Er versuchte, nach der Drohne zu schlagen, doch vergeblich, sie kam immer wieder von einer anderen Seite.
„Das ist, weil du so stinkst", kicherte Miguel, der sich in der Nähe aufhielt.
„Ach, halt die Klappe!"
Mit einem Mal veränderte sich die Geräuschkulisse um die Tupolew herum. Lautes, gepresstes Keuchen, Fluchen, plätscherndes Wasser und Gase, die den Körper verließen. Dazu immer wieder ein schnelles Trippeln von Füßen.
„Haben die alle Sprühwurst oder was", fragte sich Skyla und ahnte nicht, wie recht sie damit hatte. Die Beimischung des Abführmittels in das Bier entfaltete seine volle Wirkung, an Deck herrschte ein heilloses Durcheinander und da es nur wenig Toiletten auf dem Kahn gab, die alsbald den Geist aufgaben, hielten einige ihre Kehrseite einfach über die Reling.
Billy und Shirley sahen sich das Schauspiel mit wachsender Freude an.
„Na was sagst du dazu? Funktioniert hervorragend", meinte die Oldtimersammlerin.
Billy schubste einen der Kerle, der sich über die Reling erleichterte, einfach ins Wasser.
„Da kannste dich gleich säubern", lachte sie und wandte sich zu Shirley um.

„Ich schlage Folgendes vor: Du versuchst an Bord des Flugzeugs zu kommen und ich steuere das Lastschiff an Land."

Die Brücke war verwaist, wie die Kopfgeldjägerin rasch feststellte. Sie ergriff das Steuerrad und spähte in die Ferne, um Landmarken zu erkennen. Es war dunkel und neblig, so musste sie erst warten, bis sich das Wetter besserte. In dieser Waschküche einen Landgang zu versuchen, war viel zu gefährlich, sie könnten auf ein Riff auffahren und sinken. Auch wenn ihr das Schicksal der Tupolew herzlich egal war, so wollte sie nicht auf ihren Lohn verzichten. Seltsame Klumpen auf dem Wasser erregte ihre Aufmerksamkeit. Sie stoppte die Maschinen und nahm das Fernglas zur Hand.

Shirley stand inzwischen bei Skyla und dachte nach. Hier irgendwo musste es eine Leiter geben, wie sonst hätte man die Seile oben auf dem Kopf des Flugzeugs befestigen können. Aber sie fand keine, so musste sie sich anders behelfen. Das Beste wäre wohl, auf die Tragfläche zu klettern um von da aus an die Tür zu gelangen. Beherzt packte sie die Vorflügel und sprang hoch, um sich hinaufzuziehen, was von der Tupolew mit Zuckungen und dem Ausfahren der Störklappen beantwortet wurde. Shirley wäre beinahe darüber gestolpert, fing sich jedoch gerade noch rechtzeitig ab. Sie lief zur mittleren Einstiegstür und musste sich ausstrecken, um von hier aus den Türhebel zu erreichen. Als sie diesen probierte, ließ sich die Tür natürlich nicht öffnen.

„Hätte ja klappen können", murmelte sie und versuchte es noch einmal. Vergeblich. Der Eingang war wie zugeschweißt. Zudem stieß die Maschine deutliche Laute des Unwillens aus.

Zudem vernahm sie ein Schleifgeräusch. Erst leise, dann immer lauter und an verschiedenen Stellen des Schiffes.

„Hoffentlich kein Riff oder sowas", brummte sie und kletterte von Skylas Flügel herunter, um nachzusehen. Sie beugte sich über die Schiffswand und glaubte, das Blut in den Adern gefrieren zu fühlen. Mehr als ein Dutzend Schlauchboote hatten an der Tin Lilly angelegt, jedes mit mehreren schwerbewaffneten Soldaten beladen.

„Verdammter Mist!", fluchte sie und rannte zu dem Flugzeug zurück, im selben Moment kam Billy an Deck gerannt. „Wir werden angegriffen!"

„Ich weiß. Und uns bleibt nur ein Versteck: Der Fahrwerksschacht."

Gemeinsam begaben sie sich zu dem auf der rechten Seite, wo sie zuvor schon ihren Rucksack voll mit Waffen und Sprengstoff versteckt hatten. Hier stand jedoch Achmed, der seinerseits versuchte, in die Nische zu klettern.

„Verpiss dich, du Fleischberg, das ist unser Platz", fuhr Billy ihn an und zog ihr Kampfmesser. Achmed versuchte, es ihr aus der Hand zu prellen, als Miguel nach ihm rief. „Lass die Ischen. Komm hierher!"

Der Brasilianer stand am gegenüberliegenden Fahrwerk und fuchtelte mit seiner Waffe herum.

„Doomhammer sagt, dass wir keine Zeit mehr haben. Wir müssen uns schnell verstecken."

Der Wrestler gab ihm in Gedanken Recht, hob den Hänfling hoch und stopfte ihn in den Schacht, ehe er hinterher kletterte. Seine dicken Muskeln waren dabei eher hinderlich, zumal Skyla auch noch zuckte und schließlich die hintere Klappe an den Gondeln öffnete, woraufhin Achmed heraus purzelte. Die beiden Frauen standen vor dem gleichen Problem, waren jedoch schlank genug, um in die hinterste Ecke, wo die Fahrwerksgondel spitz zulief, zu krabbeln. Miguel gelang es ebenfalls. Achmed hingegen versuchte, sich an den Leitungen entlang zu hangeln und sich irgendwie im geöffneten Schacht zu halten. Gerade rechtzeitig, denn jetzt stürmten die Soldaten das Schiff. Befehle wurden gebrüllt, ehe die ersten Schüsse fielen. „Los, los, los!", befahl Lieutenant Tucker, der im Führungsboot stand. Die bewaffneten Elitesoldaten von den Atom-U-Booten sicherten ihre AR-36 und schossen ihre Enterhaken fünfundzwanzig Meter steil in die Luft. Einer nach dem anderen zogen die Rocketeers genannten Kämpfer, welche auf das Entern und Übernehmen von Schiffen spezialisiert waren, die Seile straff. Während der erste Soldat das Seil sicherte, klickten die anderen einer nach dem anderen ihre Autokarabiner in die Seile ein und ließen sich nach oben ziehen. Lieutenant Tucker gehörte mit zu den ersten, die sich über die Reling schwangen. In der hereinbrechenden Dunkelheit waren die Geräusche stöhnender und sich explosionsartig erleichternder Menschen zu hören und ein erbärmlicher Gestank hing in der Luft und verseuchte jeden Atemzug. Tucker befahl mit einigen wenigen Gesten das Vorrücken. Ein betrunkenes Mitglied der Headbashers taumelte mit heruntergelassener Hose, welche um die Fußgelenke schlackerte, auf Tucker und seine Männer zu. Der Elitesoldat legte das Sturmgewehr an und erschoss den Mann mit drei sauberen Treffern in die

16

Brust. Von den Einschlägen der Kugeln zurückgeschleudert fiel der Freak zu Boden und krachte hart aufs Deck, was in einer letzten, gewaltigen Eruption fauler Gase und flüssigen Darminhalts resultierte. Miguel, welcher mittlerweile wieder aus dem Fahrwerksschacht herausgeklettert war, um seinem neuen Freund Achmed beim Einstieg behilflich zu sein, erkannte die Situation recht schnell und endlich war es an der Zeit Doomhammer sprechen zu lassen. Er richtete die gewaltige Pistole auf die Soldaten, die in einem Dutzend Meter Entfernung gerade dabei waren, das Deck von unerwünschtem, menschlichen Ballast zu befreien und ballerte los. Die halbautomatische Waffe dröhnte mit gewaltigem Echo über das Schiff und die ersten Soldaten fielen, von den angefeilten Kugeln getroffen, zu Boden. Doch so fatal die präparierten Patronen sich auf bloßes Fleisch ausgewirkt hätten, gegen die schusshemmenden Westen und die kugelsicheren Bodys der Elitesoldaten, waren sie nicht sonderlich effektiv. Die Soldaten die von den Kaliber .50 Geschossen umgepustet worden waren, standen recht schnell wieder auf und erwiderten das Feuer. Doch Miguel hatte mittlerweile begriffen, dass die Chancen für ihn denkbar schlecht standen. Er rückte sich die Maske zurecht und verschwand wieselflink im Fahrwerksschacht, in welchem sich Achmed mittlerweile, wie die Made im Speck, eingegraben hatte. Tucker sah seine Soldaten stürzen und identifizierte das laute Bellen der Doomhammer-Pistole, als das, was es war.

„Los, weiter vorrücken!", rief er und die Soldaten stürmten über das Deck.

Mittlerweile hatte sich ein Teil der Meuterer und
Freaks zusammengerauft. In desolatem Allgemeinzu-
stand schafften sie es, ihre Waffen zu heben und das
Feuer auf die Soldaten zu eröffnen. Prostituierte und
Headbasher, Kopfgeldjäger und religiöser Fanatiker,
sie alle standen und lagen hinter verschiedensten Ge-
genständen, Fässern und Kisten auf Deck und feuerten
auf die Soldaten. Doch das konzentrierte Feuer der
Elite-Kämpfer und das Sperrfeuer zweier schwerer
MGs, die unterdessen von den Schlauchbooten an
Bord gehievt worden waren, zerpflückten die Forma-
tion der Asozialen. Einer nach dem anderen brach
getroffen, blutspritzend und schreiend zusammen und
hauchte sein Leben aus. Doch auch der eine oder andere Soldat bekam einen Zufallstreffer ins Gesicht
und fiel tot zu Boden.
Tucker führte seine Leute über das, von Blut und
menschlichem Unrat rutschige Deck und innerhalb
von zehn Minuten gehörte dieses den Soldaten der
NRAN. Dann begann die mühselige Arbeit, das Schiff
Kabine für Kabine, Lagerraum für Lagerraum und
Deck für Deck abzusuchen. Immer wieder bellten die
Gewehre der Soldaten auf, wenn sie jemanden fanden
der nicht zu ihnen gehörte und diesem Umstand
schnell und professionell ein Ende setzten. Schließlich
und endlich betrat Lieutenant Tucker die Brücke. Dort
sah er eine junge, verbraucht aussehende Frau, mit
greller Schminke im Gesicht, die in obszöner Haltung
an den Steuermannsstuhl gefesselt war. Offenkundig
war sie Mittel und Zweck perverser Belustigung gewesen. Tucker hob das Gewehr und erlöste sie von
ihren Leiden.

Unten auf Deck war Skyla dabei in Gedanken zu schimpfen und zu fluchen. Der erneute Schusswechsel ließ sie Angst und Bang werden und nur der flüsternden Stimme von Silas, die aus den Mikrodrohnen zu ihr drang, war es zu verdanken, dass sie keine Panikattacke bekam. Tucker stand auf der Brücke und blickte durch das zerstörte Fenster auf das in nebeligem Zwielicht liegende Schiff. Sergeant Miller betrat in Begleitung von zwei Privates die Brücke und schauderte angesichts der Sauerei, die hier herrschte. „Sir", berichtete er, „wir haben das Schiff wieder in unserer Gewalt. Keine feindlichen Überlebenden."
„Gut, sehr gut", erwiderte Tucker und verschränkte die Arme hinter dem Rücken. „Sergeant, schaffen Sie mir einen Steuermann von der Steelshark an Bord. Ich will einen neuen Kurs. Richtung Mittelamerika. Entlang der argentinischen Küste über Brasilien nach Honduras. Wir werden das Ganze ein bisschen abkürzen. Puerto Cortés hört sich doch ganz gut an."
„Ja, Sir!"
Skyla fühlte sich langsam angepisst, denn schon wieder kletterten irgendwelche Stinkbürzel in ihren Fahrwerksschächten herum, was ihr sehr unangenehm war. Offenbar wurde der Lastkahn erneut von einer anderen Gruppierung erobert und die Leute bei ihr gehörten zu deren Gegnern. Vielleicht gelang es ihr ja, die Soldaten darauf aufmerksam zu machen, dazu begann sie zu schnauben und Brummgeräusche von sich zu geben. Tatsächlich näherten sich alsbald zwei Männer, deren schwere Schritte sie als kampfstiefeltragend und damit als Kämpfer auswiesen.
„Was ist mit dem Flugzeug los?", fragte einer.

„Ich habe keine Ahnung. Vielleicht ist es durch irgendetwas genervt", gab der Zweite zurück.

Ja, ihr seid fast auf dem richtigen Weg, dachte sich Skyla. Die beiden Soldaten gingen einmal um die Tupolew herum, kamen aber nicht auf die Idee, in ihren Fahrwerksöffnungen nachzuschauen. Stattdessen schnauzten sie sie an. „Sei still, verdammt!" Danach entfernten sie sich.

„Kann man so derart beschrubbt sein?", ging es Skyla durch den Kopf. Leider war es ihr nicht möglich, im Stehen das Fahrwerk einzuziehen, da dies mit gebrochenen Beinen enden würde. Dazu musste sie warten, bis man sie an Seilen vom Schiff hob. Dann aber hatten die Fremdkörper nichts zu lachen, wenn sie wie überreife Trauben zerquetscht wurden. Dieser reizvolle Gedanke und die Vorfreude darauf hellten ihre Miene sogleich auf und ließen die Fahrt sofort etwas erträglicher werden.

Gedanken machten sich auch die beiden Frauen, die in der äußersten Ecke der Fahrwerksgondel hockten.

„Verflixt unbequem", flüsterte Shirley mit zunehmend schlechter Laune. Sollten sie jetzt etwa die ganze Reise hier verbringen? „Wir hätten uns doch bei der Maschine einschleimen sollen. Dann könnten wir jetzt in ihrer Kabine sitzen."

Billy winkte ab. „Ich glaube, das hätte nichts gebracht. Das Ding muss erstmal richtig zugeritten werden, so störrisch wie es ist. Auch jetzt zuckt es immer wieder."

„Und was machen wir nun?"

Endlich konnte auch King Raptors Reparatur erfolgreich abgeschlossen werden. Der Kampfjet, sowie die beiden Robo Master, die ihn begleiten sollten, scharrten regelrecht mit den Hufen vor Ungeduld. Dr. Cosack musste mahnend eingreifen.

„Denkt bitte daran, erst einmal nur Aufklärung zu betreiben. Es hilft niemanden, insbesondere nicht Skyla, wenn ihr das Lastschiff angreift. Wenn es untergeht, stirbt sie.“

Spark Shock ließ einige Funken zwischen seinen Elektroden aufleuchten. „Schon klar, Doc, aber wann dürfen wir denn kämpfen?“

„Wenn sie Skyla an Land bringen, was wahrscheinlich am Zielort geschehen wird. Ich habe durch Abhören ihrer Funkzellen mitbekommen, dass man sie nach Nashville in Tennessee schaffen will.“

King Raptor wurde unterdessen per automatisches Band aus dem Hangar gerollt und öffnete seine Cockpithaube. „Alle Mann einsteigen.“

Fire Storm und Spark Shock folgten dem sofort und fanden bequem Platz, da ein Zweiersitz eingebaut worden war.

„Und was ist mit uns?“, erklang es hinter ihnen. Metal Blade trat heran.

Der Doktor lächelte. „Oh, keine Sorge. Ich werde noch mehr von euren Brüdern bauen und euch dann zusammen mit einer Rakete ans Ziel bringen. King Raptor und seine Besatzung bilden die Vorhut und sondieren die Lage.“

King Raptor startete seine Triebwerke und rollte auf die Startbahn. Dort gab er vollen Schub, raste los und hob ab. Schnell stieg er auf seine Dienstgipfelhöhe von mehr als 15,000 Metern an und nahm Kurs auf Nordwest.

Cyprian Mittelstädt, seines Zeichens Kanzler und Vorstandsvorsitzender der Waterproof Firma hieb mit der Faust auf den Tisch vor ihm. So gewaltig war der Hieb, dass sämtliche Tassen und Gläser in die Höhe hüpften und umfielen. Die in den Tisch eingebaute Computerterminalsteuerung erlag zischend und funkensprühend dem Angriff der Flüssigkeiten und eine dicke Rauchwolke bildete sich.

„Fuck!", fluchte der Mann und ging zu einem Fenster des Konferenzraums, in welchem er ein Meeting zur Bedrohungslage abhielt. Er öffnete es und drehte sich dann um. „Es kann doch nicht sein, dass die verdammten Amis es schon wieder schaffen uns das verdammte Eis vor der Nase wegzuschnappen!", erklärte er wütend. „Und was fast noch schlimmer ist, sie haben diese verdammte Rebellen KI in ihre Gewalt gebracht und werden diese, der Teufel soll sie holen, untersuchen und einen wahnsinnigen Schub in der Entwicklung von KI erfahren."

Der Mann wartete, bis sich der Rauch verzogen hatte, und setzte sich dann wieder. „Sie hatten bis heute Zeit, die Situation zu analysieren und Lösungsvorschläge auszuarbeiten." Mittelstädt verschränkte die Arme und lehnte sich in seinem Sessel zurück.

Die jungen Menschen vor ihm redeten aufgeregt durcheinander. Mittelstädt verstand kein Wort und hob dann die Hand. Stille kehrte ein.

„Es ist mir egal, was Sie wollen und wie sehr Sie sich aufregen. Es gibt keine anderen praktikablen Wege, um diese Situation unter Kontrolle zu bringen. Es sei denn, Sie hätten irgendeinen Superlaser, mit welchem Sie die ganze Angelegenheit lösen könnten."

Mittelstädt hielt inne. „Ja, das war die Idee“, dachte er sich.

„Sie können gehen“, sagte er und entließ die jungen Berater vor ihm mit einer nachlässigen Handbewegung. Dann drehte er sich um und erkannte, dass sein Terminal nur noch Schrottwert besaß. „Ach Mist“, grummelte er. Sodann nahm er sein Smartphone heraus und rief die ESA, die European Space Agency, an. „General Foster? Hier Mittelstädt. Sie haben da doch diesen Mikrowellenprojektor im Orbit? Hören Sie, ich will, dass Sie alles was sich auf diesem verfluchten NRA-Schiff befindet, töten. Inklusive des Flugzeuges mit einer KI namens Skyla. Kriegen Sie das hin? Ja? Guter Mann. Das wollte ich hören.“ Mittelstädt legte unvermittelt auf.

General Foster sah auf sein Smartphone. Er schüttelte den Kopf. „Der Mann hat keine Ahnung“, sagte er. Sein Adjutant blickte auf.

„Verzeihung, Sir?“

„Ach nichts. Machen Sie RI 50 einsatzbereit. Wir müssen ein Schiff beschießen.“

„Was auch immer das bringen soll“, dachte General Foster dann.

Kanzler Mittelstädt sinnierte über die anstehenden Probleme nach und kam schließlich zu einem Entschluss. Er wählte die Nummer des Marinehauptquartiers.

„Ja, Mittelstädt hier. Hören Sie zu. Ich will, dass Sie eine Flotte zusammenstellen, die ein Schiff im Atlantik abfangen kann. Ja genau, der Flugzeugtransport. Dieses Flugzeug darf sein Ziel nicht erreichen. Kriegen Sie hin? Hervorragend.“ Mittelstädt legte auf.

Im Orbit, knapp zehntausend Kilometer über dem Atlantik, richtete sich ein großer Satellit aus. Es entfalteten sich große Solarpaneele und die Akkumulatorbänke des Satelliten begannen Energie zu speichern.

„Sir, wir sind feuerbereit", meldete ein Offizier von seinem Computerarbeitsplatz aus.

„Nun gut", erwiderte General Foster. „Dann feuern wir mal. Haben wir das fragliche Schiff auf den Satelliten?"

„Ja, Sir", antwortete eine junge Frau, die an der Sensorikstation saß. „Eingeloggt, übermittle Koordinaten."

„Habe Koordinaten empfangen, Initiiere Feuerzyklus." Der altgediente Offizier aktivierte den Satelliten. Hoch oben im Orbit entluden sich mehrere Terajoule an Energie und durchliefen viele hundert Vakuumröhren. Die im Magnetron hergestellte Mikrowellenstrahlung wurde sodann eng fokussiert zur Erdoberfläche abgestrahlt. Der MASER feuerte.

Unten, vor der Südküste Südamerikas befand sich das Transportschiff mit Skyla an Bord auf dem Weg nach Norden. Silas war der Erste, dem auffiel, dass etwas nicht stimmte. Er klopfte Komodo auf die Schulter.

„Die Mikrodrohnen sind plötzlich ausgefallen. Einfach zu Boden gestürzt."

„Was? Seltsam", erwiderte sein Onkel.

Dann bildete sich plötzlich ein großer Dampfnebel um das Transportschiff. Die konzentrierte Mikrowellenstrahlung verdampfte Wasser und Mensch. Jeder der sich im Freien befand oder in der Nähe eines Fensters stand, löste sich schmelzend in protoplasmischen Brei auf. Die durch die Mikrowellenstrahlung induzierten

Ströme wirkten wie ein EMP und zerstörten einen Teil der Steuerungselektronik des Schiffes. Insgesamt starben durch den Waffeneinsatz ein Dutzend Soldaten. Skyla bemerkte den Beschuss zwar, aber aufgrund ihrer soliden Bauweise trug sie weder Schäden davon, noch wurden die von ihr unfreiwillig geschützten Passagiere in den Fahrwerkschächten in Mitleidenschaft gezogen. Auch Lieutenant Tucker, der sich zu seinem Unglück gerade am zerbrochenen Fenster auf der Brücke aufhielt, starb einen grauenhaften Tod durch molekulare Verdampfung.

Skyla wunderte sich einmal mehr und vermutete völlig zurecht einen weiteren Angriff irgendwelcher gegnerischen Einheiten. Sie hatte jedoch keinen Schimmer davon, welche Waffe hier eingesetzt worden war. Es schien vorrangig Wasser zu erwärmen, was sie an feuchten Stellen ihrer Haut spürte. Menschen hingegen, die zu fast 70 Prozent aus Wasser bestanden, verkochten regelrecht, was mit entsprechenden Geräuschen untermalt wurde.

Weh tat es nicht, dennoch fühlte sich die Tupolew mulmig zumute, hier noch tagelang blind und gefesselt herumstehen zu müssen und weiteren Attacken ausgesetzt zu werden. Sie verstand auch, warum diese vier Tölpel bei ihr Schutz suchten. Aber nicht mehr lange, dachte sie grimmig und schloss die geöffneten hinteren Fahrwerksklappen, in der Hoffnung, die Parasiten würden sogleich den neu hinzugekommenen Raum nutzen.

Shirley und Billy rätselten ebenfalls über den Angriff, den sie genau wie das Flugzeug unbeschadet überstanden hatten. Sie lauschten, ob sich irgendwer an Deck blicken ließ, um festzustellen, wie viele kampfbereite Einheiten noch existierten. Vielleicht waren alle tot und sie konnten einen weiteren Versuch starten, die Tin Lilly in ihre Gewalt zu bringen.

Als sich auf einmal die Klappe zu ihren Füßen schloss, wollte Billy sich sogleich ausstrecken, doch Shirley hielt sie zurück. „Wir sollten bleiben, wo wir sind. Skyla versucht wahrscheinlich, uns hereinzulegen."

Bei Achmed kam die Warnung hingegen nicht an und als er sich über den hinzugewonnenen Platz freute und sich entlang fläzte, öffnete die Tupolew die Klappen wieder. Der Wrestler verlor den Halt und plumpste heraus. Fluchend saß er auf seinem Hosenboden, eher er aufstand und sich umschaute. Er hatte Glück, niemand sah es und der Strahlenangriff war ebenso vorüber. Shirley sah das Öffnen der Klappe, kurz darauf vernahm sie das Herauspurzeln und kicherte leise.

„Hörst du das, Billy? Ich hatte Recht."

„Ja, das klang wie ein nasser Sack"

Jetzt vernahmen sie das Schimpfen des Kerls und wie er versuchte, zurück in den Schacht zu klettern, worauf sich die Klappen immer wieder öffneten und schlossen. Skyla hatte es geschafft, wenigstens den schwersten der Fremdkörper loszuwerden und verhinderte nun, dass er erneut den Fahrwerksbereich mit seiner Masse verstopfte.

„Lass mich da rein, du Blechschüssel", knurrte Achmed wütend und musste höllisch aufpassen, um nicht in der Öffnung gequetscht zu werden. Einmal erwischte es seinen Ärmel und riss ihn von den Schultern bis zum Handgelenk auf. Beide Knie trugen blaue Flecken davon, da er mehrmals auf diese fiel. Schließlich ließ er es sein und schnaufte wie ein altes Walross. „Ich krieg dich noch soweit, verlass dich drauf.“ Mit diesen Worten trat er an Skylas Bauch und legte beide Pranken darauf. „Wie gefällt dir das, häh? Lass mich wieder hinein oder ich geh noch ein Stück weiter nach hinten.“

Am liebsten würde er noch mehr in dieser Richtung tun, allerdings hatte er keinen Plan, wie er das ohne Leiter anstellen sollte. Ein Geräusch ließ ihn aufmerken. Schnell duckte er sich hinter den massiven Rädern des Hauptfahrwerks und linste vorsichtig um die Ecke. Tatsächlich. Zwei Soldaten kamen an Deck und schauten sich um.

„Boah, was stinkt denn hier so?“, meinte der eine naserümpfend und erkannte auch gleich den Grund. Das Schiffsdeck war mit einer Menge undefinierbarer Flüssigkeiten besudelt, von denen die meisten aus menschlichen Innereien stammten. „Fishbeck, hol den Schlauch und mach sauber. Ich guck derweilen, woher die Stimmen kamen.“

Der Mann ging einmal um das Flugzeug herum, entdeckte jedoch niemanden. Also mussten die Geräusche von der Maschine selbst gekommen sein.

Er stellte sich breitbeinig vor ihr hin. „So, du bist also diese gefährliche KI, was?“, fragte er. „Siehst aber gar nicht so aus.“

„Dann kannst du mich ja losbinden“, dachte Skyla und schnaubte leise.

„War das jetzt eine Antwort? Dann sage mal, ist irgendjemand bei dir?“

Jetzt brummte die Tupolew laut, was als ein „Ja“ verstanden werden konnte.

Der Soldat kratzte sich am Kinn und wandte sich seinem Kollegen zu. „Fishbeck, wenn du mit dem Saubermachen fertig bist, sieh zu, dass du eine Leiter heranholst. Wir müssen nachschauen, ob sich jemand an Bord dieses Flugzeugs geschlichen hat."
Fishbeck kam näher und grinste. „Na du, willst du auch eine Dusche haben?"
Er hob den Schlauch und spritzte Skyla von einer Seite komplett ab, was diese ganz erfrischend fand. Allerdings handelte es sich um Salzwasser direkt aus dem Meer, was zu Korrosionsschäden, insbesondere an offenen Wunden, führen konnte. Sogleich verspürte sie ein Ziehen am Unterleib, wo immer noch die Harpune steckte. Dann warf der Soldat den Schlauch weg und suchte nach einer Leiter, konnte aber keine finden.
„Harper, hier gibt es keine Leiter"
Der Angesprochene grunzte ablehnend. „Mist, dann müssen wir eben so hochklettern."
„Und wenn wir das Flugzeug direkt fragen, ob jemand an Bord ist?", schlug Fishbeck vor.
Harper nickte. „Gute Idee. Hey Flugzeug. Skyla heißt du doch, oder? Hast du Leute in deiner Kabine?"
Die Tupolew brummte leise und versuchte, sich zu bewegen.
„Heißt das jetzt ja oder nein?"
Fishbeck griff nach dem Seil, der den Knebel an Ort und Stelle hielt. „Machen wir das Ding ab, dann können wir direkt mit ihr sprechen."
Sein Kumpan schlug seine Hand weg. „Um Gottes Willen, nein. Sie könnte uns vielleicht in ihren Bann schlagen oder sowas. Schließlich hat man ihr nicht umsonst das Maul gestopft. Zudem habe ich gehört,

dass sie einen von Tuckers Truppe gebissen haben
soll, der daraufhin seinen Arm verlor und kurz darauf
an einer Infektion starb.“

Fishbeck schnaufte tief durch und schaute sich Skylas
Mundwerk genauer an. „Ich denke, du hast Recht. Die
könnte mit der Klappe einen kompletten Menschen
zermalmen oder gar verschlingen.“

„Ganz genau“, setzte Harper hinzu und wandte sich
wieder direkt an Skyla. „Machen wir es anders. Sitzen
Leute in deiner Kabine, brummst du. Befindet sich
niemand darin, schnaubst du.“

Die Tupolew stieß daraufhin beide Geräusche hinter-
einander aus und kochte innerlich. Wieso kamen diese
Trottel denn nicht mal auf die Idee, in ihren Fahrwerksschächten zu schauen?

Fishbeck dachte nach. „Sie hat beides getan. Also ist
jemand drin und wiederum nicht.“

Dann kam ihm die Erleuchtung. „Sie muss als Passa-
giermaschine auch einen Frachtraum besitzen. Viel-
eicht hockt da jemand.“

Daraufhin schnaubte Skyla, was bedeutete, dass sich
dort niemand befand. Kurz darauf fuhr sie die Lande-
klappen und die Vorflügel aus, um die Aufmerksamkeit der beiden auf ihre Tragflächen zu lenken.

„Was macht sie denn jetzt?“, fragte Harper, woraufhin
die Tupolew brummte.

„Kapiert es doch endlich“, flehte Skyla innerlich. Immerhin schienen die beiden etwas mehr Grips in der
Rübe zu haben, als alle anderen vor ihnen, denn sie
kommunizierten mit ihr, anstatt ihr zu befehlen, still
zu sein.

„Es steckt jemand im Flügel“, mutmaßte Fishbeck nun
und ging auf die linke Tragfläche zu, worauf Achmed

zu dem rechten Fahrwerk schlich. Er war triefnass wie ein begossener Pudel und tobte innerlich vor Zorn. Er überlegte, ob er den beiden Männern den Hals brechen sollte. Schließlich waren sie nah dran, das Versteck zu finden. Harper zog seine Taschenlampe und leuchtete in den Schacht hinein, worauf Skyla die dortigen Verschlussklappen öffnete.

Plötzlich wurde er von hinten gepackt. Fishbeck sah mit Entsetzen, wie ein großer, und extrem muskulöser Kerl auftauchte und sich seinen Kollegen schnappte. Er zog seine Waffe, traute sich jedoch nicht, zu feuern. Achmed konnte Harper sehr schnell aufgrund seiner immensen Körperkraft besiegen, ehe er ihn zur Reling schleifte und über Bord warf. Fishbeck nutzte die wenigen Sekunden zur Flucht und war alsbald unter Deck verschwunden. Der Wrestler wollte ihm folgen, kehrte dann aber zu Miguel zurück.

„Du hättest mir ruhig mal helfen können, du Mickerspargel. Einer ist entkommen und kann den anderen petzen, dass wir hier sind.“

„Na und? Wenn sie kommen, wird es Doomhammer ihnen schon zeigen.“

Shirley und Billy, die ebenfalls alles mit anhörten, mussten sich etwas einfallen lassen. Auch ohne die Gefahr durch die Soldaten konnten sie nicht ewig hier hocken, sie mussten schließlich auch mal etwas essen, schlafen oder zur Toilette. Bei dem letzten Gedanken vernahm sie ein Plätschern. „Ich sage es nur ungern, aber hier sind uns die Männer überlegen.“

Silas hatte unverzüglich zwei neue Fliegendrohnen aufs Schiff geschickt und durch sie konnte das komplette Geschehen rund um Skyla beobachtet werden.

„Ich bin dafür, dass wir endlich angreifen“, rief der Junge kampfbereit aus. „Es dürften nicht mehr viele an Bord sein.“

„Das nicht“, erwiderte Komodo. „Aber wir dürfen den Geleitschutz nicht vergessen. Den müssen wir als erstes ausschalten und zwar möglichst unbemerkt von den anderen. Zudem treibt sich hier noch jemand herum.“

Skyla spürte es warm an ihrem Fahrwerk herablaufen. Sie schüttelte sich angewidert. Hatten diese Dreckskerle sich tatsächlich erdreistet, sie anzupinkeln? Sie schnaubte wütend und voller Ekel. „Na wartet“, dachte sie sich. „Wenn ich euch erwische.“ Wütend kaute sie auf dem Knebel in ihrem Mund herum.

„Ruhig Brauner, ruhig“, sagte Komodo und legte Silas den Arm auf die Schulter. „Selbst wenn wir den Geleitschutz ausschalten, was sollen wir mit einem riesigen und langsamen Transportschiff anfangen. Wir müssen warten bis Skyla auf Land steht, bevor wir ihr helfen können.“

„Ja ich weiß, aber dennoch stinkt mir das. Schau nur“, erklärte Silas und zeigte Komodo eine Videosequenz der Mikrodrohnen. „Da hat jemand Skyla angepisst.“

„Tatsache“, sagte Komodo und schaute sich das Video an, auf welchem ein extrem großer und muskulöser Mann seine Notdurft verrichtete. Dann erblickte er etwas anderes. „Sieh mal Silas, da kommen schon wieder Soldaten.“ In der Tat kam eine Gruppe bewaffneter Rocketeers auf das Flugzeug und ihren Schänder zu. Sergeant Dunnfried kam vor Skyla zum Stehen. Er blinzelte in den Fahrwerksschacht und erklärte dann: „Rauskommen! Sie sind umstellt. Es gibt keine Fluchtmöglichkeit.“

Bedröppelt und erwischt rutschten Achmed und Miguel aus dem Fahrwerkschacht. Sie kamen vor den Soldaten auf dem Deck auf und standen dann da wie begossene Pudel.

„Bitte werft uns nicht über Bord“, jammerte Miguel und streichelte Doomhammer, der in seinem Gürtelholster steckte.

„Nein. Keine Sorge, wir werfen euch nicht über Bord“, sagte Sergeant Dunnfried und lächelte böse. „Ihr kommt erst einmal mit. Wir werden schon ein genauso lauschiges Fleckchen an Bord finden wie hier, ihr Schwuchteln. Und dann werdet ihr in der NRA für eure Taten bestimmt eure gerechte Strafe erhalten.“

„Strafe sagt er“, murmelte Miguel und streichelte Doomhammer. „Strafe.“

„Genau, Strafe. Ich könnte mir vorstellen, dass ihr wegen Meuterei und Mordes verurteilt und hingerichtet werdet. Eure Homosexualität kommt noch erschwerend hinzu. Aber das ist nur eine Vermutung. Vielleicht kommt auch Holla, die Waldfee und rettet euch.“

„Holla?“, fragte Achmed und kratzte sich an der Nase.

„Ja!“, rief Miguel und deutete dann hinter die Soldaten, „da ist sie ja!“

Die Soldaten wandten sich unwillkürlich um, obwohl ihnen schon in der Bewegung klar wurde, dass sie verarscht worden waren. Dann warf sich Achmed mit ausgebreiteten Armen auf die Rocketeers und kegelte sie um. Miguel nutzte die Gelegenheit und verschwand vom Deck, während die Soldaten Achmed verklöppten, was bei einem professionellen Wrestler nicht ganz einfach war. Schließlich hatten sie den

Riesen unter Kontrolle und in Handschellen und führten ihn von Deck. Private Fishbeck, der den Wrestler im jetzigen Kampf hart angefasst hatte, wirkte zufrieden, dass der Mörder seines Freundes gefasst war. Billy und Shirley hatten das Ganze gespannt mit angehört und waren froh, dass sie nicht entdeckt worden waren. Sie nutzten den Moment der Ablenkung, in dem sich die Soldaten ganz mit dem Rhinozeros auf zwei Beinen beschäftigten.

„Los komm", zischte Billy, die einen ausgezeichneten Instinkt für den richtigen Moment besaß und winkte Shirley zu, mit ihr zu kommen.

„Ich komm ja schon", erwiderte diese und rutschte hinter Billy aus dem Fahrwerksschacht. Beide Frauen landeten leise auf den Füßen und schlichen dann in dieselbe Richtung, in die Miguel Reißaus genommen hatte davon. Billy erreichte das Schott, welches vom Frachtdeck aus in das Schiff führte und öffnete es. Sie bedeutete ihrer Freundin vorzugehen und schloss hinter sich die Luke.

Unter Deck war es recht dunkel. Die LED-Lampen, die alle paar Meter angebracht waren, ermöglichten zwar die Orientierung, waren aber so stark gedämmt, dass ein Großteil des Ganges im Schatten lag. Billy ging auf leisen Sohlen voran und arbeitete sich von Deck zu Deck nach unten vor, stets bereit bei dem geringsten Anzeichen von feindlichen Kräften, leise und schnell zu verschwinden. Schließlich erreichten sie ein Deck, das Billy tief und ruhig genug war und sie öffneten und schlossen die Türen, die links und rechts vom Gang abzweigten. Hinter den meisten Türen waren Lager und Geräteräume, doch dann hatten sie Glück und öffneten ein paar leerstehende

Crewkabinen. Billy erkundete den Rest des Decks, um eventuelle Angriffs- und vor allem Fluchtwege zu lokalisieren, und wählte dann eine taktische klug gelegene Kabine. Sie war weit genug von den Zutrittspunkten des Decks entfernt, um eine ausreichende Vorwarnzeit zu garantieren. Shirley ließ sich auf das etwas schmuddelige Bett fallen und seufzte schwer.
„So hatte ich mir das Ganze nicht vorgestellt", erklärte sie, an niemanden speziell gerichtet.
„Nun aber immerhin leben wir noch. Das ist allein für sich genommen schon ein Wunder", sagte Billy und setzte sich neben die kanadische Sammlerin. „Und manche Sachen sind es wert, dass man dafür Entbehrungen in Kauf nimmt. Zum Beispiel…"
„Ja, zum Beispiel eine Tu-154M mit differenzierter, autonomer und fühlender künstlicher Intelligenz", führte Shirley den Satz zu Ende.
„Nun eigentlich wollte ich fünf Millionen Dollar sagen, aber du hast natürlich auch Recht. Von deiner Warte aus." Billy lächelte und legte dann den Arm um Shirley.
„Gott, was bin ich froh aus diesem blöden Fahrwerk heraus zu sein. Das war sowas von unbequem da drin", sagte die Kopfgeldjägerin und streckte sich. Wie zufällig kam ihre Hand auf dem Hintern von Shirley zu liegen. „Weißt du, nach dem ganzen Stress haben wir uns wirklich etwas Entspannung verdient."
„Da hast du Recht", erwiderte Shirley. „Und was wäre entspannender als endlich etwas zu essen. Ich verhungere noch." Die Sammlerin sprang auf und begann die Schränke der Kabine zu durchsuchen. Sie fand nichts und während sie vor einem leeren Schrank stand und ganz und gar nicht begeistert vom Füllzustand dessel-

ben war, kam Billy von hinten an sie heran und legte die Arme um sie. Dann fing sie an den Nacken von Shirley zu küssen. Ihre Hände glitten über den Bauch hinauf zu ihren Brüsten und umfassten diese. „Willst du etwa, dass ich verhungere?“, rief Shirley dann, nicht ganz ernst gemeint.

„Ach komm, lass uns Liebe machen. Dann vergisst du den Hunger ganz schnell“, flüsterte Billy in den Nacken von Shirley. Deren Nackenhaare stellten sich auf und ein wohliger Schauer durchlief ihren Körper, als der heiße Atem der Kopfgeldjägerin über ihren Hals strich. Sie drehte sich um und umarmte Billy. Sie küssten sich leidenschaftlich und ihre Zungen spielten miteinander. Dann taumelten sie eng umschlungen zum Bett und ließen sich hineinfallen.

„So, meine Damen und Herren“, wandte sich Admiral Müller-Ebenbach im Konferenzraum an Bord des schweren Kreuzers Aberdeen an seine Untergebenen. Der Admiral, ein glatzköpfiger Mann Ende fünfzig, strahlte in seiner Haltung Ruhe und Kompetenz aus. Er strich sich über den schneeweißen Bart und blickte jeden seiner Untergebenen aus seinen wasserstoffblauen Augen an. „Wir haben ab sofort die Aufgabe ein Frachtschiff der NRAN abzufangen. Eine kurze Zusammenfassung der Lage: Die Tin Lilly ein knapp 200 Meter langer und 35 Meter breiter, ehemaliger Fischfrachter befindet sich momentan vor der Küste Südamerikas mit Kurs auf die Kernstaaten der NRA. An Bord dieses nicht weiter wichtigen Frachters befindet sich das Flugzeug Skyla, eine abtrünnige KI und Anführerin der Rebellen, auch bekannt als Eispiraten.“ Der Admiral machte eine Pause und trank einen Schluck aus seinem Wasserglas. „Interessanter

Weise ist es, den Bemühungen der VSE zum Trotz, bisher unbeschädigt und weiterhin aktiv geblieben. Wie Sie sich vielleicht vorstellen können, meine Damen und Herren, ist eine derart fortschrittliche KI ausnehmend gefährlich. Deshalb darf sie auf keinen Fall weiterexistieren und schon gar nicht in den Händen der NRA verbleiben. Unser Auftrag sieht also die Zerstörung von Frachter und Flugzeug vor. Kapitän Oberwasser, ihnen obliegt die Aufgabe dieses Schiff abzufangen und zu zerstören. Setzen Sie einen Kurs und veranlassen Sie den Verband schnellstmöglich zur Reise in die Karibik. Und täuschen Sie sich nicht, wir wissen nicht welche Verteidigungsmaßnahmen die NRAN getroffen hat. Wir dürfen sie auf keinen Fall unterschätzen, sollte es zu einer bewaffneten Auseinandersetzung kommen. Wir dürfen nicht versagen." Der Admiral verstummte.

Kapitän Oberwasser meldete sich zu Wort: „Wir werden volltanken und uns binnen fünf Stunden ab jetzt auf den Weg machen. Leute ihr wisst was zu tun ist. Machen wir den Amis die Hölle heiß."

Zustimmendes Gemurmel erklang. Dann stand der Kapitän auf. „Diese Besprechung ist beendet. An eure Aufgaben. Der Nordseekampfverband 3 macht sich auf den Weg." Die Offiziere erhoben sich ebenfalls und verließen dann geordnet den Raum. Nachdem nur noch Admiral Müller-Ebenbach und Kapitän Oberwasser verblieben, trennten sich auch deren Wege. Beide hatten genug zu tun.

„Was machen wir denn jetzt?", fragte Silas missmutig. Kira richtete sich in ihrem Sitz auf.

„Wir werden so fortfahren, wie wir es geplant haben", erwiderte Hagelstolz. „Es hat keinen Sinn, jetzt den

Begleitverband oder das Frachtschiff direkt anzugreifen. Wie wir alle mitverfolgen konnten, sind die amerikanischen Atom-U-Boote mehr als ausreichend in der Lage die Geschehnisse an Bord zu kontrollieren und nach ihrem Willen zu gestalten. Selbst wenn wir es schaffen und ich rechne mir da dank der Robo Master und meiner Wenigkeit durchaus Chancen aus, das Schiff zu übernehmen, wären wir dennoch einem Gegenangriff hilflos ausgesetzt. Was weitaus schwerer wiegt ist, dass wir Skyla nicht von Bord des Frachtschiffes wegkriegen. Sie kann weder starten noch schwimmen und wäre ein leichtes Ziel für jede Art Angriff."

„Genau, Junge", sagte Komodo, „zu unser aller Glück wollen die Schergen der Amerikaner Skyla unverletzt bis in die NRA transportieren. Sollten wir ihnen jetzt, auf hoher See, den Zugriff auf Skyla dermaßen erschweren, dass sie die Entscheidung fällen, dass das Ganze den Aufwand nicht wert ist, dann werden sie das Schiff und Skyla mit, einfach versenken. Das darf auf keinen Fall passieren."

„Ich weiß, es ist schwer derartig hilflos zuschauen zu müssen, Silas", bemerkte Kira und legte dem vierzehnjährigen Kämpfer die Hand auf die Schulter, „aber manchmal muss man Geduld aufbringen und sich an den Plan halten. Hauruckaktionen haben ihren Reiz, ganz klar, aber das große Problem mit ihnen ist, dass weder alle Konsequenzen noch alle Möglichkeiten bedacht werden können, wenn man sehr schnell handelt und in der Situation verfangen ist."

„In der Tat", meldete sich Dr. Cosack zu Wort. Die Anwesenden drehten sich überrascht um, als sie die Stimme des Russen vernahmen. Der Doktor hatte sich

über einen Komkanal auf die Baphomet 3 aufgeschaltet und offenkundig die Diskussion mitbekommen.
„Ich kann das Ganze aus der Ferne überblicken und es ist wie die anderen sagen. Momentan können wir, beziehungsweise ihr, nichts tun. Ich hingegen bin sowohl in der Lage etwas zu tun, als auch die Gegebenheiten genau zu durchdenken. Euch dürfte interessieren, dass King Raptor mittlerweile wiederinstandgesetzt ist und euch bei eurer Operation Luftunterstützung geben wird. Auch habe ich einige Robo Master und Drohnensoldaten fertiggestellt und werde diese dann per Lufttransport zu euch schicken können, sobald ihr die genauen Umstände für Skylas Befreiung festgemacht habt. Ich hatte überlegt sie euch per Rakete zu schicken, aber mit Blick auf das automatische Raketenverteidigungssystem der NRA, dem technischen Nachfolger der National Missile Defense der USA, habe ich davon Abstand genommen. Ich werde den Lufttransport in zwei Tagen fertiggestellt haben und ihn sodann auf den Weg schicken. Die Unterstützungskräfte sollten also verfügbar sein, wenn ihr sie braucht.“
„Was für eine Art Transport ist es denn, Dr. Cosack“, erkundigte sich Komodo. Cosack lachte.
„Eine der ältesten Technologien, was Lufttransporte angeht, Komodo. Ich habe einen Zeppelin gebaut. Einen Stealth Zeppelin. Er kann die Robo Master und Drohnen zu euch transportieren, ohne dass irgendjemand sie bemerken wird. Sie werden dann mit einem HALO-Sprung direkt dort ankommen, wo ihr sie braucht. Er wird zwar etwas länger brauchen, als eine Rakete, aber dafür wird er auch nicht abgeschossen werden.“

„Brillant Doktor“, staunte Komodo, „Einfach brillant.“

„Jaaa, ich hab schon so meine hellen Momente“, schmunzelte der Russe. „Nun genug der Selbstbeweihräucherung. Ihr haltet die Füße still, bis Skyla an Land und in einer Situation ist, in der sie befreit werden kann. Verstanden, Freunde?“

„Ja Doktor“, antwortete Silas mit leiser Stimme. Glücklich war er nicht darüber.

„Sehr gut.“ Der Ingenieur wirkte zufrieden. „Ach übrigens, es wird gegen Ende der Reise wohl ein paar Wellen auf sonst ruhiger See geben. Ich überwache ja standardmäßig die Kommunikationskanäle der NRA und VSE und die Klimadiktatur in Europa ist auf den brillanten Einfall gekommen, euch noch einmal eine Flotte entgegen zu schicken, um euch zu versenken. Aber keine Sorge, die NRA hat das Ganze mitbekommen und ist sehr wohl in der Lage den Angriff abzuschmettern. Also wird nichts passieren, außer dass sich unsere Feinde gegenseitig den Kopf einschlagen. Was gut für uns ist.“

„Hervorragend Dr. Cosack“, erwiderte Komodo. „Danke für die Informationen.“

„Kein Grund zu danken. Nun denn, ich habe zu tun. Dosvidanya.“

Einige hundert extrem schnelle Brocken Uranmunition durchrasten den Weltraum einem fernen Rendezvouspunkt mit der Jinlong entgegen. Die kleinen, mit enormer kinetischer Energie versehenen, Projektile würden mit vernichtender Gewalt in die Jinlong einschlagen und sie und die Besatzung komplett annihilieren.

„Nur, dass ich das nicht zulassen werde", dachte Wu Chin und gab Dr. Kao mit einem kurzen Nicken zu verstehen, dass er die Verteidigungssysteme der Jinlong aktivieren sollte.

„Aktiviere die Gausskanone", berichtete der Ingenieur und drückte auf dem Holo-Display den entsprechenden Knopf. Die Scanner der Jinlong, Meisterstücke der chinesischen Technologie, waren in der Lage, die praktisch winzigen Projektile anzumessen. Die Gausskanone übernahm zusammen mit der Feuerleit-KI, die Daten und setzte in einem Beschussmuster mit knapp ein Zentimeter durchmessenden Tungsten Geschossen zur Abwehr an. Die Gausskanone schoss mit einer Feuerrate von zweitausend Schuss die Minute und obwohl ihre Mündungsgeschwindigkeit weit unter der, der heranrasenden Projektile lag, würde jeder Treffer zur gegenseitigen Zerstörung führen. Lautlos arbeitete die Gausskanone in der Stille des Weltalls und schickte Geschoss um Geschoss gegen den feindlichen Angriff. Erste Treffer wurden auf den Scannern sichtbar, als die kinetische Energie der Teilchen sich bei der Kollision mit der Wucht kleiner Atombomben entlud. Erst eine Feuerkugel, dann zwei und dann immer mehr und mehr. Eine Kette aus Feuerperlen zog sich durch den Weltraum und kam der Jinlong immer näher. Wu Chin blickte mit angespanntem Gesicht auf das Display. Immer weniger feindliche Geschosse wurden gezählt. Die Zahl tickte langsam, ja fast zu langsam herunter. Dann näherte sie sich rasch der Null und schließlich blieb sie bei der Null stehen.

„Kommandantin, ich melde komplette Vernichtung des feindlichen Angriffs."

Die angespannte Atmosphäre an Bord der Jinlong
entlud sich in spontanen Freudenschreien und auch
Wu Chin seufzte erleichtert.
„Weiß jemand, warum nur so wenige Projektile abge-
feuert wurden?", erkundigte sie sich dann.
Auf der Erde im Kosmodrom Xichang saß Ex-General
der NRA-Space Force John Nimiz an einem KI-
Arbeitsplatz. Er und die chinesische KI hatten ein paar
Kommunikationsprobleme zu lösen gehabt, aber mitt-
lerweile arbeiteten sie Hand in Display. Sozusagen.
Sie waren jetzt seit einer halben Stunde dabei, die
Schwachstelle des Systems auszunutzen. Das größte
Hindernis war die Signalverzögerung.
„Gut, KI, jetzt aktiviere den fünfhundertsten Kommu-
nikationsport und führe einen Brute Force Angriff auf
das mit niedriger Priorität geschützte Subsystem Al-
pha Generali Zwei aus. Die Entschlüsselung sollte
nicht allzu lange…"
„Entschlüsselt", meldete die KI, „öffne Zugriffsebene
Delta auf Subsystem Alpha Generali Zwei."
„Hervorragend", sagte Nimiz. „Jetzt erstelle ein neues
Benutzerkonto und vergib Adminrechte."
Wang Feng stand daneben und schüttelte den Kopf.
„Ihr habt echt so eine riesige Sicherheitslücke in eurem viele Milliarden Dollar teurem Drohnenraum-
schiff? Wie ist das denn passiert?"
„Die Gewerkschaft", sagte Nimiz und blickte kurz
vom Display auf. „Diese verdammte Gewerkschaft.
Möge sie gepriesen seien."
Jet Blue One, gerade dabei die restlichen mehrere
tausend Schuss umfassenden Salven auf die Jinlong
abzugeben, bekam den Befehl abzubrechen. Die KI
sträubte sich dagegen, aber der Befehl kam mit der

höchsten Kommandostufe herein und musste zwingend befolgt werden. Die KI reagierte entsprechend ihrer Programmierung und brach den Angriff ab. Dann deaktivierte sie sich und aktivierte gleichzeitig den Selbstzerstörungsmechanismus. Eine Feuerrose blühte im Weltraum auf.

„Wohin fliegen wir“, fragte Hopkins sein Flugzeug.
„Wir fliegen in die Antarktis, dort habe ich eine Freundin“, erwiderte der Stealth Bomber.
„Ach diese Skyla, diese Tupolew“, sagte Goßberg.
„Genau, meine Freundin. Ich hoffe ihr könnt auch ihre Freunde sein. Meine seid ihr jedenfalls. Wusstet ihr, dass sie mich auseinander bauen wollten? Schrecklich.“
„Nein, wussten wir nicht“, erwiderte Hopkins, „im Gefängnis erfährt man nicht all zu viel.“
„Oh, das ist schade“, erwiderte Suicide Bomb. „Bestimmt haben sie euch da auch nichts Ordentliches zu Essen gebracht. Ich habe gehört, das Gefängnisessen soll schlimm sein. Zu eurer Erbauung habe ich mich deshalb entschlossen euch zu erzählen wie man ein französisches Gericht Namens Coq au vin kocht. Zuallererst nimmt man sich ein Hühnchen, das Coq steht dabei für das Geflügel und dann…“

Skyla atmete auf, als endlich diese Störenfriede aus ihren Fahrwerksschächten heraus waren, dennoch war ihr immer noch übel. Ekliges Menschenpack, dachte sie sich und ihr kam fast das Kerosin hoch.
Als sie auf ihrem Knebel herumkaute, fiel ihr auf, dass dieser nachgab. Vielleicht gelang es ihr, den Sandsack zu öffnen, dann wäre schon einmal der

enorme Druck auf ihren Mundwinkeln weg. So aber fühlte sie sich wie ein zu eng gezäumtes Pferd und würde am liebsten genauso bocken.

Silas sank in sich zusammen. „Ihr habt ja recht. Nur fällt es mir eben schwer, die Hände in den Schoß zu legen, während Skyla malträtiert wird.“
„Keine Sorge, mein Junge“, meinte Komodo. „Unsere Stunde schlägt sehr bald.“
„Aber was ist, wenn bei dem kommenden Gefecht der Frachter getroffen wird?“, begehrte Silas auf.
„Das werden wir zu verhindern wissen.“
Im selben Moment öffnete sich noch einmal das Inter-kom, nur gehörte das Gesicht, welches auf dem Bild-schirm erschien, nicht dem Doktor, sondern einem Roboter mit silbernem Helm mit integriertem Mund-schutz. Auf seinem Kopf war ein Flammenwerfer montiert, der allerdings gerade nicht in Betrieb war.
„Fire Storm hier. King Raptor und wir beide überwa-chen den Transport aus der Luft.“
„Fein, fein“, lobte Komodo. „Aber bitte keine Schnellschüsse, die Skyla gefährden könnten.“
„Keine Sorge. Fire Storm over and out.“

Dr. Cosack werkelte fleißig an weiteren Robo Mas-tern, insgesamt acht an der Zahl. Sie standen vor ihm, stramm wie Rekruten vor ihrem Ausbilder, und jeder verfügte über unterschiedliche Bewaffnung und Fä-higkeiten, die sie nun an mehreren erbeuteten Panzern der NRA unter Beweis stellten.
Ice Slasher besaß eine hellblaue Lackierung mit einer Kunstfellmütze und durfte als Erster ran. Er hob seine Armkanone und schoss eine scharfe Klinge aus unter

extremen Druck gehärtetem und gefrorenem Eis mit
der Stärke von Diamanten, auf das Ziel und trennte
sogleich die Kanone des vordersten Panzers ab. Daraufhin warf Hyper Bomb, gelbrot lackiert, mehrere
Sprengsätze auf den Panzer und verwandelte ihn in
einen Haufen Schrott. „Bereit zum Einschmelzen“,
kicherte der korpulente Roboter, worauf Atomic Fire
vortrat. Er konnte seinen Kopf in den Körper einzie-
hen und ihn so schützen, während er sich selbst in
Flammen hüllte und die Reste des Panzers verflüssig-
te.
„Jetzt kann man etwas Neues daraus bauen“, rief Super Arm, ein riesiger, über 2.50 Meter großer Androide mit gewaltigen Pranken und gigantischer Körperkraft. Er packte die halbflüssige Schmelze und klump-
te sie wie einen Schneeball zusammen, ehe er sie auf
den zweiten Panzer schleuderte. Dann hob er ihn an
und schleuderte ihn um.
Crash Bomber trat vor. Er trug eine rot-weiße Lackierung und ein Gesichtsvisier. Seine Arme besaßen keine Hände, sondern zwei Raketenwerfer, die sogleich
ihre tödlichen Geschosse auf den Panzer spuckten, der
zu Konfetti verarbeitet wurde.
Mehrere Dummys auf Schienen rollten an, dessen
Gesichter allesamt nach dem aktuellen NRA-
Präsidenten Frakes modelliert waren.
„Die sind für mich“, frohlockte Needle Cannon, ein
kräftiger, dunkelblau lackierter Roboter, dessen Kopf
sich in seiner Brust befand und von einer Stachelhau-
be gekrönt war. Jetzt beugte er sich nach vorne und
ließ seine Stachelkrone an einer Kette in die Dummys
sausen, ehe sie zu ihm zurückkehrte. Dann hob er
seine beiden Kanonen und feuerte lange und dicke

44

Nadeln in hoher Geschwindigkeit ab, die Ruckzuck
ein Sieb aus den Attrappen machten.
Ein Panzer war noch da und schoss plötzlich, worauf
ein brauner Androide hervorsprang und einen Schild
hochhielt, in dem das Geschoss, ohne zu explodieren,
steckenblieb. „Leaf Shield bereit zum Dienst."
„Und wenn alle Stricke reißen, leuchte ich ihnen ein",
knurrte der letzte der Robo Master in orangener Farbe
mit einer riesigen, lichtstarken Lampe oben auf dem
Kopf. Es handelte sich um Flash Stopper und seine
Aufgabe war es, die Gegner zu blenden. Als sein
Licht anging, mussten sich alle anderen Roboter weg-
drehen, so grell war es.
„Super, sehr gut", rief Dr. Cosack.
Zusammen mit Metal Blade und Air Shooter kamen
sie auf eine Mannstärke von zehn, rechnete man noch
die bereits losgezogenen Androiden dazu, erhöhte sich
ihre Zahl auf fünfzehn. Genug Power, um den Ameri-
kanern ordentlich Feuer unterm Hintern zu machen,
im wahrsten Sinne des Wortes.

Während in den südlichen Gefilden der Herbst Einzug
hielt, begann in Linz, einer Stadt in den österreichi-
schen Bezirken der VSE, der Frühling. Ein junges
Mädchen von zwölf Jahren verließ gerade die elterli-
che Wohnung. Sie wies kurzes, hellblondes Haar auf
und trug weite, schwarze Hosen zu einem dunkelblau-
en Anorak. Es handelte sich um Salome Verstappen,
die kleine Schwester von Silas, die auf dem Weg zur
Schule war. Mürrisch stapfte sie die ungepflegte Straße entlang, die sie erst an mehreren, kargen Gärten,
gefolgt von einer riesigen Elektromülldeponie, vorbei-
führte. Ein dunkelhäutiger Junge rief etwas und wink-

te ihr zu, worauf sich Salomes Miene aufhellte. „Hallo Kiawo. Gehen wir zusammen?“

Der Kleine, etwa zehn Jahre alt, hüpfte vor Freude, ehe sie gemeinsam weiterliefen.

„Die beschissene Halde stinkt mal wieder übelst“, meinte Salome naserümpfend zu dem Jungen, der ihr zustimmte. „Ja, und jeden Tag kommt da noch mehr Müll hin.“

Mit einem Mal blieb er stehen und wies auf eine orange Flüssigkeit, die den Weg entlang sickerte. „Guck mal, da läuft was aus.“

Salome schnupperte und musste sogleich husten.

„Schnell weg hier, das ist sicher ein Gift.“

Sie rannten los, bis sie an einem Rapsfeld ankamen, das jedoch noch nicht blühte. Kiawo begann zu kichern. „Also wenn es nach unseren Lehrern ginge, müssten die Pflanzen doch schon vollkommen gelb sein“

„Oh ja. Bin gespannt, was sie uns heute wieder erzählen werden. Wie geht es eigentlich deinem Papa?“

Kiawo verzog das Gesicht. „Er versucht noch, die Miete für den letzten Monat aufzutreiben, aber ich habe echt Angst, dass die uns rausschmeißen werden.“

Er selbst erinnerte sich noch schaudernd an den letzten Winter, wo er mehrmals erkältet war, da sie sich die Heizung aufgrund der CO_2-Steuer nicht mehr leisten konnten.

Sie kamen an einem Wasserautomaten vorbei und Salome verspürte, wie sie Durst bekam. Sie kramte in ihrer Tasche nach ihrem Handy und überprüfte, wie viel Geld sie noch besaß. Bargeld existierte bereits seit mehreren Jahren nicht mehr, wer noch mit Münzen erwischt wurde, dem drohten empfindliche Strafen.

„Acht Euro habe ich noch und ein Becher Wasser kostet fünf. Und dann sind da nur 200 Milliliter drin", maulte das Mädchen.

„Aber immerhin kann man den Becher essen", fügte Kiawo hinzu und schaute selbst nach, ob er noch etwas auf dem Konto hatte. Im Jahr 2060 war es nicht unüblich, dass bereits Kinder ab sechs über eigene Geldreserven verfügten.

„Ich hab nur noch drei, das reicht nicht."

Missmutig gingen sie weiter, ohne etwas zu kaufen, obwohl der Magen des Jungen bedenklich knurrte. Vielleicht bekamen sie in der Schule etwas. Manchmal kam ein Bäcker vorbei und brachte Semmeln vom Vortag mit, die er zum halben Preis verkaufte. Spielzeug hingegen war sehr billig zu haben, insbesondere wenn es aus Holz bestand. Das Schulhaus kam in Sicht, zuvor mussten Salome und Kiawo an einem Supermarkt vorbei. Sie überlegte, sich dort etwas zu kaufen, und betraten die Halle. Am Eingang wurden automatisch ihre Handys gescannt, denn Leuten ohne Geld wurde der Zutritt verwehrt. Die beiden waren flüssig und wurden eingelassen. Schnell huschten sie zu den Gebäcken, wo sie die billigsten nahmen und zur Kassenschranke gingen. Kassierer existierten schon lange nicht mehr, stattdessen wurde der Preis automatisch vom Handy abgebucht. Draußen angekommen, riss Kiawo seine Packung auf und schlang die Kekse herunter, musste allerdings ein paarmal husten, da die Dinger staubtrocken waren. Salome ließ sich etwas mehr Zeit beim Essen, als drei abgerissen aussehende Männer auf sie zuwankten, von denen

jeder eine Schnapsflasche bei sich trug. Hochprozentige Spirituosen waren günstig zu haben und für manche die nahezu einzige Flüssigkeitsquelle geworden. Manche kamen auf die Idee, Bachwasser zu nehmen und mit dem Alkohol zu verdünnen, was aber ebenfalls bei strenger Strafe verboten war.
Dafür gab es mal eine Zeitlang Heroin und Crystal frei verkäuflich, was allerdings schnell wieder eingestellt wurde.
Die Obdachlosen, Opfer der jedes Jahr ansteigenden CO^2-Steuer, traten näher heran und fragten, ob sie den Rest der Kekse haben durften. Salome nickte und reichte sie ihnen. Ihre Familie lebte zum Glück noch nicht unter der Armutsgrenze, doch war davor niemand gefeit. Krankenversicherungen waren sehr teuer und damit für viele unerschwinglich geworden, ein Import aus den NRA. Auch wenn beide Staatenblöcke sich aktuell als Feinde gegenüberstanden, so eiferte man nach wie vor gerne dem Mutterland des Kapitalismus nach. Dort versuchten manche Präsidenten immer mal, das Gesundheitssystem zu verbessern, scheiterten jedoch an dem Glauben, dass jegliche Bezuschussung mit Kommunismus gleichzusetzen sei, das rote Tuch für Amerikaner schlechthin, auch nach mehr als einem halben Jahrhundert nach Zusammenbruch des Warschauer Pakts.
Salome und Kiawo betraten die Schule und suchten sogleich ihre jeweiligen Klassenzimmer auf. Als Erstes fiel dem Mädchen auf, dass mehrere Schüler fehlten. Kein Wunder, war doch seit Mittelstädt Kanzler wurde, ein Schulgeld ab Klasse sechs eingeführt worden und sie befürchtete, dass Kiawos Dad das Geld nicht würde aufbringen können. Noch befand er sich

in der fünften Klasse, die kostenlos war. Es hieß natürlich nicht Schulgebühr, sondern Klimaabgabe, die angeblich für die Heizung genutzt wurde. Da allerdings eine Schulpflicht bestand, mussten die Eltern der betroffenen Schüler an anderer Stelle sparen, oder sie wurden mit Gefängnis bedroht. Meist bedeutete es, dass sie einen Zweitjob auf den Deponien oder den Plantagen annehmen mussten. Auch Kiawos Vater arbeitete in der Recyclingfirma, wo er und seine Kollegen den Elektroschrott von Hand zerkleinern und aufbereiten mussten.

Das Stundenklingeln ertönte und der Lehrer, ein graubärtiger, streng aussehender Mann, erschien.

„Oh Mann, und gleich Klimakunde bei dem ollen Helmbrecht", murmelte Salome leise.

„Wie wir alle wissen, leben wir aktuell in einer Zeit der Erderwärmung", begann Helmbrecht mit seinem Unterricht. „Die Erwärmung, die in einer Klimakatastrophe münden wird, wenn wir nichts unternehmen."

„Sagt man das nicht schon seit 50 Jahren", dachte sich Salome und malte auf ihrem Laptop herum.

„Da die bisherigen Schritte nichts brachten, müssen wir uns weiter einschränken", erklärte der Graubart, worauf nicht wenige Schüler aufstöhnten. Schon jetzt waren die Entbehrungen, die jeder Einzelne zu leisten hatte, enorm. Es existierten keine Fahrzeuge mit Verbrennungsmotor mehr, nur mehr Elektroautos, von denen jede Woche mindestens eines in Flammen aufging. Dazu das nach wie vor nicht wirklich gelöste Recyclingproblem. Wurde der Elektroschrott früher in afrikanische Staaten exportiert, so schoben diese mittlerweile seit mehr als zehn Jahren einen Riegel davor und selbst die Androhung härtester Sanktionen brachten die Länder nicht von ihrer Entscheidung ab. Jetzt blieb der Müll hier und wurde vom Prekariat aufbereitet, mit negativen gesundheitlichen Folgen.

Das Wasser wurde ebenfalls seit etwa zehn Jahren rationiert mit der Begründung, dass man es sparen müsse. Nahrung wurde zumeist künstlich hergestellt, da Feldpflanzen allesamt in die Biogaserzeugung wanderten. Noch wagte es kaum einer, aufzumucken, aber der Groll in den Menschen wuchs langsam. Anti-Klima-Demos waren verboten, wer dennoch auf die Straße ging, wurde umgehend verhaftet.

Salome gähnte ausgiebig. Das Gelaber dieses alten Tattergreises war extrem ermüdend und sie musste aufpassen, nicht wegzudämmern. Helmbrecht gehörte der Greta-Generation an, die damals in den 10ern mit den Klimademos begann. Später radikalisierten sie sich und gewannen mehr und mehr politischen Einfluss, was letztendlich zu der heutigen Situation führte. Mehr als einmal berichtete der Lehrer stolz von seiner Jugend und was er damals alles getan hatte.

Als Helmbrecht das wachsende Desinteresse seiner Schüler bemerkte, schlug er mehrmals mit der Faust auf seinen Tisch.

„Ihr nehmt das wohl nicht ernst? Das werdet ihr, wenn es in wenigen Wochen so heiß wie in der Sahara werden wird.“

„Der letzte Sommer war aber eher kühl“, widersprach Salome vehement.

Der Alte winkte ab. „Nur ein statistischer Ausreißer. Insgesamt wurden die Sommer seit 2020 immer wärmer, in manchen Innenstädten wurde die 41 Grad-Marke geknackt.“

„Weil sich Beton extrem aufheizt“, erläuterte Salome. „Eigentlich sollten sie ja begrünt werden, stattdessen starben die Bäume aufgrund ausgelaufener Gifte der Elektrowagen ab.“

Helmbrecht verzog sein Gesicht. „Die Bäume gingen aufgrund der Hitze und der Trockenheit ein“, betonte er. „Das sind die reinen Fakten, die euch jeder Wissenschaftler nennen kann.“

„Wer denn zum Beispiel?“, fragte Valentina, die einen Platz vor Salome saß und nun selbst mutiger wurde. Jetzt stockte Helmbrecht, denn diese Antwort fürchtete er. Dann fiel ihm aber doch jemand ein. „Nun, Frau Heringsberg zum Beispiel. Sie promovierte 2035 in Klimatologie und unterrichtet nun an der Universität Berlin.“

Helmbrecht schaltete den Beamer ein. „Nun möchte ich euch anhand von Eisbohrkerndaten zeigen, wie sich das Klima änderte.“

Eine Projektion wurde auf eine Leinwand geworfen, die mehrere, sinuskurvenartige Graphen zeigte. Der Lehrer nahm einen Laserpointer zur Hand und leuchtete den Bereich der Jetztzeit aus. „Wie wir hier sehen können, steigt die Temperatur aktuell extrem an, so schnell wie noch nie.“

Salome starrte auf das Bild. Der Graph zeigte in keinster Weise eine Sonderstellung, sondern dieselbe Kurve wie schon mehrere Male zuvor. Dann erhob sie ihre Stimme. „Herr Helmbrecht, das ist falsch. Wie man sehen kann, erwärmte es sich nach Beendigung einer Kaltzeit immer sehr rasch.“

„Aber noch nie so schnell wie jetzt“, widersprach der Lehrer.

„Oh doch", gab Salome unberührt zurück. „Und man sieht auch, dass die Zwischenwarmzeiten sehr schnell endeten. Sie waren und sind selbstlimitierend."
„Raus!", schrie der Alte wütend. Salome zuckte nur mit den Schultern, stand auf und verließ den Klassenraum. Die Mitschüler blickten ihr nachdenklich hinterher. Als die Tür geschlossen war, wandte sich der Lehrer wieder an die Klasse.
„Fräulein Verstappen ist einem Irrtum erlegen, wie ihn Klimaleugner gerne anbringen", donnerte er. „Es ist nun mal ein bewiesener Fakt, dass sich die Erde noch nie so schnell wie jetzt erwärmte."
„Weil früher auch keiner nachmessen konnte", piepste es leise.
„Wer war das?", brüllte Helmbrecht und seine Augen wurden zu schmalen Schlitzen. „Wagt es nicht, der Wissenschaft zu widersprechen. Wer das tut, wird wie ihr alle wisst, bestraft."
„Nein, Herr Lehrer", erklang es im Chor.
Endlich begann die Pause und Salome konnte wieder das Klassenzimmer betreten. Sie streckte dem davongehenden Helmbrecht noch die Zunge heraus, ehe sie sich zu Valentina setzte. „Der alte Forestquarterfarmerhead nervt echt, findest du nicht auch?"
Ihre Freundin nickte. „Und ob. Ich gab dem auch Paroli und der hat es nicht mal gemerkt."
„Klimaleugnerinnen", zischten zwei Mitschülerinnen ihnen zu und verließen den Raum. Salome zeigte ihnen den Mittelfinger und stand dann auf. „Ich geh mal auf die Toilette."
„Ich auch", erwiderte Valentina und beide begaben sich zu den Sanitärräumen. Schon am Eingang schlug ihnen der entsprechende Geruch entgegen, denn die

normalen Wasserklosetts waren schon vor langer Zeit
durch Plumpsklos ersetzt worden, da diese kein Wasser benötigten. Dafür verliefen lange Rohre von den
Aborten zu einem Sammelbehälter, von wo aus die
Abfallprodukte direkt in ein Biogaswerk geleitet wurden.

Am Spiegel standen die beiden Mädels von vorhin
und schminkten sich gerade.

„Na, sind wir bei der Kriegsbemalung?“, höhnte Salome ihnen zu und betrat dann die Kabine, um sich zu
erleichtern. Sie selbst hielt nichts von Kosmetik, die
ihr nicht nur unangenehm war, sondern nach wie vor
an Tieren getestet wurde.

Die nächste Stunde hatten sie Biologieunterricht, natürlich ebenfalls mit Klimaeinschlag. Frau Rabuschke,
eine Lehrerin mittleren Alters mit einer Genick-
schussbremse, hantierte am Beamer herum und schien
mit dem technisch aktuellen Modell, also einem seit
fünfzehn Jahren veralteten Teil, nicht ganz zurechtzu-
kommen.

„Geht auf Seite sieben in eurem virtuellen Buch. Ka-
tia, du liest ihn laut vor.“

Das Mädchen kam der Aufforderung nach, worauf
Salome wieder einmal gähnen musste. So ein öder
Text, der lang und breit erklärte, dass Bienen und
viele andere Insekten aufgrund des Klimawandels
ausgestorben waren. Selbst Wespen, Ohrwürmer und
Marienkäfer existierten bis auf vereinzelte Restbe-
stände nicht mehr. Salome kannte den wahren Grund
und tippte ihn auch so in ihr virtuelles Schulheft ein.
Es war ihr egal, ob ihr damit schlechte Noten drohten,
aber sie konnte dieses Dogma einfach nicht stehenlas-
sen. Als Hausaufgabe gab Rabuschke ihnen auf, ein

Buch über die Rolle der Tiere in der Klimakatastrophe zu lesen.

In der Pause gingen sie und ihre Freundin in die elektronische Bibliothek, wo allerlei E-Books heruntergeladen werden konnten. Ein Werk fiel ihr besonders ins Auge. Der Titel lautete „Mein Kampf gegen den Klimawandel", und war von einer bekannten Klimaaktivistin geschrieben worden.

„Der Name ist Programm", murmelte Salome und lud das Machwerk herunter. Als sie darin herumblätterte, wurden ihre Augen immer schmaler. „Guck dir mal an, was die für einen Schwachsinn da reingeschmiert haben, Valentina."

Die Freundin las laut vor, wie unter anderem die Wildtiere des Waldes ausgerottet werden sollten, um den Eintrag von Methan und CO_2 in die Atmosphäre weiter zu senken. Die Kadaver sind als Biogas zu verwerten. Haustiere gehörten verboten, beschlagnahmt und ebenso zu verwerten.

„Was für eine gequirlte Scheiße", knurrte Valentina. „Lösch das am besten wieder."

Salome grinste. „Nicht nur das. Ich werde die Datei unbrauchbar machen, damit sie keiner mehr ertragen muss."

Sie nahm noch ein anderes Buch, wo aber ähnlicher Schund drinstand, unter anderem, dass die Menschen Vorrang in der Verteilung des knappen Wassers besaßen und Tieren bei strenger Strafe keines gegeben werden durfte. Auch standen die angeblichen Untaten der Eisrebellen drin. Sie musste an ihren Bruder Silas denken, der sich vor einigen Monaten weggeschlichen hatte, um sich den Eispiraten anzuschließen. Vor einigen Tagen hatte er angerufen und ihr von seinen Heldentaten berichtet.

„Da will ich auch mitmachen", rief Salome aus.

Ihre Freundin wunderte sich. „Wobei?"

„Bei den Eispiraten. Das ist eine Organisation, die gegen die Ausbeutung der Wasserreserven in der Antarktis kämpft."

Valentina kratzte sich am Kinn. „Aber ist das nicht eigentlich schlimm, wenn die verhindern, dass wir Wasser kriegen?"

„Das tun sie nicht. Silas erzählte mir, dass die Reichen sich das Meiste unter den Nagel reißen und sich daran eine goldene Nase verdienen. Uns bleibt nur der Rest."

Die nächsten Unterrichtseinheiten waren Mathematik, wo sie endlich mal keine Langeweile verspürten, sowie Klimaethik, welches das normale Ethikfach völlig verdrängt hatte. Hier wurden lang und breit die Untaten der Eispiraten durchgekaut, unter anderem, dass ihre Anführerin Skyla Menschenblut trinken würde und die Gruppierung allgemein über Leichen ging.

In der Mittagspause erhielt Salome eine Handynachricht von Kiawo, in der er schrieb, dass er nach der Schule zu ihr zum Spielen kommen wollte und eine Überraschung parat hätte. Sie freute sich auf ihn und darauf, mit den Modellflugzeugen ihres Bruders zu spielen. Die Schüler holten sich ihr Essen ab, eine grünliche Suppe mit Brötchen. Dazu gab es einen kleinen Becher künstlich schmeckenden Wassers.

Captain Jonathan Lyonell Smith, Kommandant des NRAN Atom-U-Bootes Steelshark kletterte an Bord des Frachtschiffes Tin Lilly. Oben erwartete ihn eine bewaffnete Eskorte aus Rocketeers. Der Lieutenant, der die Soldaten anführte, salutierte vor dem Captain. „Captain an Deck", rief er und die Soldaten standen stramm.

„Willkommen an Bord der Tin Lilly, Captain. Machen Sie sich keine Gedanken wegen der Eskorte. Das Schiff ist groß und es könnte einzelne Meuterer geben, die unserer Suche entkommen sind", berichtete Lieutenant Dexter.

„In Ordnung, Lieutenant. Dann führen Sie mich mal herum", brummte Smith.

„Gut, Sir, wenn ich bitten darf. Hier vorne an Deck ist unübersehbar das Flugzeug mit der abtrünnigen KI festgekettet. Wir mussten es wiederholt knebeln, weil es einfach nicht die Klappe hält."

Captain Smith trat an Skyla heran und begutachtete die Tupolew. Bis auf die Harpune im hinteren Bereich und den Schäden am Fahrwerk durch die Ketten machte sie, für ein über fünfzig Jahre altes Modell, einen überraschend guten, gepflegten Eindruck. Er ging zur Außenhaut des Flugzeugs und berührte sanft das lackierte Metall. Das Flugzeug zuckte förmlich unter seiner Berührung zusammen und die KI, die das Ganze ja kontrollierte, stieß unverständliche, durch den Knebel gedämpfte Laute aus.

„Interessant", meinte der U-Boot Kommandant nachdenklich. „Höchst interessant." Er zog ein Messer aus seiner Tasche und klappte es auf. Es trug das Siegel der NRAN Waterwarriors, einer Eliteeinheit, und rammte dieses sodann tief in das Metall am Bauch des Flugzeugs. Ein spitzer, kläglicher Schrei ertönte und Smith schüttelte den Kopf. „Unglaublich", murmelte er. Er zog das Messer, begleitet von Protestheulen, wieder heraus und wandte sich dann an Dexter. „Gut, gehen wir zur Brücke, ich will einen Schadens- und Reparaturbericht."

„Die Stromleitungen sind größtenteils ersetzt und auch die Steuerelektronik konnte wiederhergestellt werden. Die Parameter sind zwar eingeschränkt aufgrund nicht behebbarer Speicherkorruption, aber zur Steuerung und Navigation reicht es", erklärte Dexter als er Smith auf die Brücke führte. Dort werkelten einige Bordingenieure von der Steelshark eifrig an den Konsolen des Schiffes. Die Männer blickten auf und sahen, wer eingetreten war. Sie richteten sich auf und salutierten.

„Weitermachen, Männer", nickte der Captain und trat an die Steuerkonsole heran. Sie war offline. Er legte die Hand darauf und blickte nachdenklich durch das zerbrochene Fenster nach draußen, über das Meer. Ein Anblick, den er schon lange nicht mehr von der Brücke eines Schiffes hatte genießen können.

„Dexter, ich lasse Ihnen Steuermann Itho hier und die Rocketeers. Sobald der Kahn wieder flott ist, will ich, dass Sie auf kürzestem Wege nach New Orleans fahren. Wir werden Sie weiter begleiten. Jetzt da der Unrat über Bord ist, können wir denke ich, endlich mit dieser ungewöhnlichen Operation fortfahren."

„Ja, Sir", bestätigte der blondhaarige Mann neben ihm. „Wir werden diese Mission erfolgreich durchführen."

„Guter Mann." Captain Smith verließ die Brücke und kehrte an Bord der Steelshark zurück. Dort ging er in den Besprechungsraum des Captains und setzte sich vor das Kommunikationsterminal, das dort stand. Er aktivierte mit dem in seinen Arm eingesetzten Chip die Autorisierung und stellte, nachdem das Terminal entsperrt war, eine Verbindung zum Oberkommando her. Eine junge Frau in der Uniform eines Unteroffiziers beantwortete seinen Anruf.

„NRA-Navy, Oberkommando", meldete sie sich und fuhr nach einem Blick auf ihr Holo-Display fort, „Captain Smith, Kommandant der Steelshark, momentaner Auftrag geheim, momentaner Aufenthaltsort geheim." Sie nickte und richtete den Blick ihrer blauen Augen dann auf den Captain. „Was kann ich für Sie tun, Captain Smith?"

„Ich brauche die neueste taktische und strategische Lagebeurteilung im Atlantik. Und ich habe eine Anfrage. Machen Sie die Land Hurler fertig und schicken Sie sie mir entgegen", sagte der Captain ernst.

„Gut", erklärte die junge Frau und nickte, „Anfrage nach taktischen und strategischen Ressourcen. Anfrage Schiff. Wir kümmern uns sofort darum. Wann sind Sie das nächste Mal erreichbar, Captain?"

„Morgen um diese Uhrzeit", erklärte Smith und schaute auf das schwere Chronometer an seinem linken Arm.

„In Ordnung. Ressourcen sind auf dem Weg zu Ihnen. Bestätigen Sie den Empfang."

Auf dem Display öffnete sich ein Fenster, in welchem der Empfang von einigen hundert Gigabyte an Daten angezeigt wurde. Smith führte seinen Arm über den Scanner und bestätigte dadurch den Erhalt."

„Vielen Dank. Ich wünsche Ihnen noch einen angenehmen Tag. Humans First!"

„Humans First", erwiderte der Captain und wirkte einen Moment abwesend.

Er deaktivierte die Verbindung und rief dann die Daten auf und ging sie durch. Er scrollte von Berichten der CIA über Reports des Flottennachrichtendiensts zu den Schiffsbewegungen im Atlantik. Auf der interaktiven Karte waren die aktuellen Standorte von Navyschiffen mit Vektor, Ziel und Auftrag in grün eingeblendet. In Rot waren die Schiffe der VSE eingetragen und in Gelb neutrale Schiffe. Neben dem ganzen Frachtverkehr, welcher in grau dargestellt wurde, gab es eine Ansammlung von roten Flecken vor der französischen Atlantikküste, die ihm Sorgen bereitete. Der aktuelle Vektor der feindlichen Flotte würde sie direkt in die Karibik führen. Ein Umstand, der ihn beunruhigte. „Darum werden wir uns kümmern müssen", murmelte er und klickte auf die feindlichen Schiffe. Ein Bericht des Flottennachrichtendienstes öffnete sich und gab ihm alle bekannten Daten zu den Schiffen. Er las in Ruhe und überlegte dann intensiv. Schließlich schloss er das Flottenintel und machte sich auf den Weg zur Brücke des U-Bootes. Es gab Sachen zu besprechen und Pläne zu schmieden.

„In noch nie dagewesener Zahl sind die Anti-Klima-Idioten momentan in den Straßen der Großstädte unterwegs. Diese illegale Versammlung mit dem klaren Ziel des Aufruhrs wird momentan von der Regierung niedergeschlagen. Es kann nicht angehen, dass eine kleine Gruppe minderbemittelter Aufrührer die Ordnung und Stabilität der VSE untergraben", berichtete eine adrett gekleidete Frau mittleren Alters.
„Ach was?", machte Salome und blickte finster auf ihr Handy. Die aktuelle Nachrichtensendung wurde millionenfach in den sozialen Netzwerken geteilt. Meistens

wurden die Initiatoren der Demo und ihre Anhänger diffamiert und beschimpft.

„Wir wollen Wasser! Wir wollen Wasser! Klima ist eine Lüge! Klima ist eine Lüge!", skandierten die Aufrührer auf ihrem Weg an der Schule vorbei. Der Flashmob der Anti-Klima-Idioten hatte sich binnen Minuten versammelt. Auch wenn die sozialen Medien zensiert wurden und jeglicher Versuch einer illegalen Zusammenkunft gelöscht, gesperrt und streng bestraft wurde, schafften es die Unruhestifter, für Salome waren es Helden, doch immer wieder sich zu organisieren und zu versammeln. Dann zersplitterte ein Fenster ihres Klassenzimmers, als ein Stein hindurchflog. Kurze darauf lag das Schulgebäude unter schwerem Beschuss, als aller möglicher Unrat auf das Gebäude einprasselte. Weitere Fenster splitterten und Salome stand in sicherer Entfernung mit glänzenden Augen da und freute sich. Dann flackerten die ersten blauen Lichter auf und Sirenen erschallten. Die Ordnungskräfte der VSE, nach ihrer vordringlichsten Ausrichtung die Klimapolizei genannt, waren am Ort der Ausschreitungen erschienen. Eine Stimme, verstärkt durch die elektronische Gegenmaßnahmenanlage der Polizei, donnerte über die Straße.

„Erste und letzte Warnung. Lösen Sie sich sofort auf, verlassen Sie die Straßen und kehren Sie nach Hause zurück. Die Klimapolizei wird in zwei Minuten mit voller Härte durchgreifen und den Status Frieden auf den Straßen wiederherstellen."

Kaum war die Stimme des Polizisten verstummt, donnerte die Schallkanone auf dem vordersten Anti-Aufruhrwagen los.

„Das waren aber keine zwei Minuten“, knurrte Salome und kauerte sich auf den Boden, die Hände auf die Ohren gepresst. Der massive Schalldruck der Schallkanone hätte sonst ihre Trommelfelle platzen lassen. Dann begann der Infraschallgenerator zu arbeiten und ihr wurde total schlecht. Immer noch die Hände auf den Ohren, kotzte sie vor sich auf den Boden des Klassenzimmers. Grüne Suppe. Da war sie nicht die Einzige. Draußen auf den Straßen, wo der Schalldruck noch viel stärker war, übergaben sich die Menschen krampfhaft und fielen, schwer vom Infraschall beeinträchtigt, bewusstlos und benommen zu Boden. Das war das Zeichen für die Klimapolizei vorzurücken. Die Gegenmaßnahmenanlage wurde ausgeschaltet und die Ordnungskräfte liefen, mit Schlagstöcken und Pfefferspray bewaffnet auf die Demonstranten zu. Wer noch stehen konnte, wurde niedergeknüppelt und mit Pfefferspray besprüht, dass sie kaum mehr atmen konnten. Die die schon am Boden lagen, bekamen Stiefeltritte und Stockschläge ab. Auch die ein oder andere, mit Quarzhandschuhen versehene Faust schlug auf die Protestler ein und brach Knochen und stauchte Gewebe. Kurze Zeit später standen nur noch Polizisten und blickten zufrieden auf ihr vernichtendes Werk. Polizeigewalt kannte man in der VSE nicht. Die Kamerateams hatten während der Intervention der Sicherheitskräfte die Kameras ausgeschaltet und filmten erst wieder, nachdem sich kein Feind der Demokratie mehr bewegte. Dann wurden die bewusstlosen Menschen vorsichtig und mit Umsicht in bereitstehende Frachtwägen geschafft. Die Kameras liefen ja wieder. Auf sie wartete eine ungemütliche Zeit hinter Gittern. Anders als normale Verbrecher, die hinter ihren Zellenmauern einen gewissen Komfort genossen, waren Klimademonstranten als Terroristen zu behandeln. Das hieß einen Eimer zum Kacken und jeden Tag vierhundert Milliliter Wasser. Schlafen durften sie auf dem Boden. Zu zehnt auf fünf Quadratmetern.

Salome ging zum Fenster und beobachtete die Aufräumarbeiten. Tiefer, zorniger Hass schwelte in ihrer Brust. Kurz darauf betrat Lehrer Helmbrecht mit zufriedener und überheblicher Miene den Klassenraum. „Habt ihr auch gut hingeschaut, meine Schüler? So ergeht es Klimaleugnern", berichtete er, während sein Blick Salome streifte.

Dann wies er die Kids an, sich zu setzen, und setzte noch eine Stunde Unterricht an, wo er lang und breit Anekdoten von Polizeieinsätzen wie diesem erzählte. Wieder starrte er dabei zu Salome und kam nun zum Kernpunkt seiner Aussagen. „Leute, die auch nur unter Verdacht stehen klimafeindliche Aktionen zu planen, können ab April samt Familienanhang verhaftet und auf unbestimmte Zeit in Gewahrsam genommen werden."

Dazu schaltete er den Beamer ein und zeigte eine Politdebatte, in der Kanzler Mittelstädt eine flammende Predigt gegen eine Klimakatastrophe hielt und genau das Gesetz beschloss, von dem Helmbrecht gerade berichtete. Salome schluckte. Wenn herauskam, dass ihr Bruder sich den Eispiraten angeschlossen hatte, dann befand sich ihre Familie in großer Gefahr. Der Lehrer war noch nicht fertig. Jetzt erklärte er, warum die Nahrungsmittel zum Großteil nicht mehr natürlichen Ursprungs waren. „Butter ist am klimaschädlichsten, sogar noch mehr als Fleisch. Aber im Grunde sollte man beides nicht verzehren."

Nach dem Schulschluss stürmten Salome und Valentina aus dem Gebäude, froh darüber, wieder einen Tag der Langeweile und der Propaganda hinter sich gebracht zu haben. Die Freundin verabschiedete sich nach kurzer Zeit, während Salome sich auf den Weg zur Plantage machte, um ihre Mum abzuholen, die dort als Bestäuberin arbeitete.

Schon von weiten winkte Loona ihr zu. „Hey Sali, wie war dein Tag?"

„Ermüdend, wie immer. Der Helmbrecht hat wieder einen Müll abgesondert, der sollte vor dem Losbrodeln mal nachdenken."

Loonas Augenbrauen zogen sich zusammen. „Kind, du weißt doch, dass wir für das Klima jedes Opfer bringen müssen."

Salome seufzte, schwieg aber. Ihre Mum war leider eine glühende Anhängerin dieses Dogmas, selbst wenn sie von Hand die Erdbeerblüten bestäuben musste.

„Durch den Klimawandel sind leider die Bestäuberinsekten ausgestorben, daher müssen wir das übernehmen"

„Mama, das stimmt doch gar nicht. Sie sind aufgrund der massiven Pestizideinsätze für die Biotreibstoff-Monokulturen verschwunden."

Loona schüttelte den Kopf, da sie die Sturheit ihrer Tochter kannte. „Lass das aber niemanden hören, sonst werden wir bestraft."

Rechts und links neben Salomes Mum arbeiteten andere Leute, die sich genau wie sie bückten und die Blüten mit einem feinen Pinsel bestrichen. Salome

nahm ebenfalls einen und half dabei. Nach einer guten
Stunde war Arbeitsschluss. Die Leute strömten auf
den Ausgang der Plantage zu, wo eine Taschenkon-
trolle stattfand. Auch Salomes Ranzen wurde durch-
sucht, um dem Klau von Erdbeerpflanzen vorzubeu-
gen. Schon mehrmals wurde versucht, Setzlinge zu
entwenden. Extremer war es, wenn die Fruchtreife
erreicht war, dann patrouillierte auch die Polizei,
streng darauf achtend, damit sich keiner auch nur eine
Erdbeere in den Mund steckte. Salome kicherte leise,
als sie sich an das Vorjahr erinnerte und mehrmals
unerkannt Früchte mopsen konnte.
Endlich kamen sie zuhause an, wo Familienvater Jeremias bereits das Abendbrot vorbereitete. Ihm war es
gelungen, ein paar EPAs zu ergattern, in denen man
wenigstens noch Fleisch und Gemüse, wenn auch als
Konserve, vorfand. Manchmal verkauften die Super-
märkte Altbestände der Streitkräfte, die in der Regel
sehr schnell vergriffen waren.
Sie ließen sich die Marschverpflegung schmecken.
Auch Kiawo war anwesend und durfte mitessen, was
Loona nicht so gerne sah.
„Habt ihr gehört?“, begann Jeremias. „Die CO_2-Steuer
soll zum April erneut erhöht werden.“
Kiawo ließ den Kopf hängen. „Dann werden wir die
Wohnung wohl wirklich verlieren und auf der Straße
landen.“
Loona setzte zu einer ihrer Tiraden an. „Für den Kli-
maschutz ist jedes Opfer recht.“
Salome guckte ihre Mum böse an. „Auch wenn Men-
schen dadurch obdachlos werden?“
Später ging sie mit Kiawo in ihr Zimmer.

Als Silas sah, wie Skyla erneut traktiert wurde, sprang er hastig auf und prallte beinahe an die Windschutzscheibe. „Habt ihr das gesehen? Wir müssen eingreifen!"

Komodo hatte alle Hände voll zu tun, seinen Neffen zu beruhigen. „Die werden ihre Strafe bekommen, das schwöre ich."

Auch er konnte nicht mit ansehen, dass ihre Anführerin schon wieder verletzt wurde und nun leise wimmerte. Er hatte jedoch gelernt sich zu beherrschen und begann nun, der Tupolew über die Fliegendrohne gut zuzureden. Kurz musste er stoppen, als einer der Soldaten an Deck kam und vor Skyla stehenblieb.

Es handelte sich um Fishbeck, der nach dem Flugzeug schauen wollte. Lange stand er da, ehe er leise vor sich hinzumurmeln begann. „Schade eigentlich. Anstatt sie zu zerstören, sollte man sie lieber untersuchen und dann ebenfalls solche KI bauen. Dann wären wir den verdammten Europäern einen gehörigen Schritt voraus."

Ein anderer Soldat trat zu ihm. „Bedauerst du etwa diese Rostlaube? Die bekommt nur, was sie verdient. Unzählige Menschen sind bereits wegen ihr gestorben."

Skyla schnaubte. Die meisten der Opfer hatten sie oder ihre Mannschaft angreifen wollen und waren somit selbst schuld. Aber so waren Menschen nun einmal. Erst herumstänkern, aber dann das Echo nicht vertragen. Soldat war nicht umsonst die Abkürzung für „Soll ohne langes Denken alles tun." Stumpfnasige Befehlsempfänger.

Der Messerstich schmerzte, doch waren dabei glücklicherweise keine wichtigen Leitungen verletzt worden.

Jetzt spürte sie, wie der Kahn wieder Fahrt aufnahm und die See rauer wurde.

Salome und Kiawo spielten in ihrem Zimmer anfangs mit den Modellflugzeugen ihres Bruders, die zumeist aus russischen Mustern bestanden. Dann schließlich packte der Junge seine Überraschung aus, eine Tiertransportbox mit zwei Meerschweinchen darin. „Das sind Mimas und Enceladus.“
Salome standen vor Erstaunen Augen und Mund offen. „Das ist ja der Hammer. Wo hast du die her?“
Kiawo grinste. „Das sind meine eigenen. Papa hat sie mir vor kurzem heimlich auf dem Schwarzmarkt gekauft. Mit ein Grund warum wir finanziell knapp sind. Aber er hofft, dass wir sie züchten könnten. Da aber morgen die Arbeiterdurchsuchung fällig ist, würde ich sie gerne die Zeit über bei dir lassen.“
Die Bediensteten der Elektroschrott-Recyclingfirmen wurden einmal im Monat auf Herz und Nieren untersucht, damit keiner auf die Idee kam, etwas davon für eigene Zwecke mitgehen zu lassen.
„Kein Problem. Sind die niedlich.“
Mimas war ein weibliches Lunkarya in goldagouti und Enceladus ein braun-weißes Rosetten-Meerschweinchen. Den gesamten Abend beschäftigten sie sich mit den Tieren und vergaßen darüber fast die Zeit, bis Loona an der Tür klopfte. „Schlafenszeit, Kinder.“
Kiawo murrte, stand aber auf, zog seine Jacke über und verabschiedete sich von seiner Freundin, ehe er sich auf den Heimweg machte.
„Warum darf er eigentlich nicht mal hier übernachten?“, wollte Salome wissen.

Ihre Mum schob das Kinn vor. „Ich mag es nun mal nicht, wenn Fremde in unserer Wohnung schlafen. Sie könnten etwas klauen.“

„Ach Mum“

„Und was stinkt hier so komisch?“

Loona verließ das Zimmer, ohne sich weiter um den Geruch zu kümmern. Salome versteckte die Box mit den beiden Schweinchen so unter ihrem Bett, dass diese genug Licht und Luft bekamen, aber nicht sofort von ihrer Mutter gesehen werden konnten. Heu und etwas frisches Gras waren ebenfalls vorhanden.

Kiawo trottete die stockfinstere Straße entlang, da die Lampen nur zu bestimmten Zeiten angeschaltet waren. Außerdem gab es mittlerweile jeden Tag eine sogenannte Earth Hour, an der kein Licht gemacht werden durfte. In der Regel zwischen neun und zehn Uhr abends. Dass die Verbrechensrate in dieser Zeit exorbitant in die Höhe schoss, interessierte die Klimaschützer nicht. Dementsprechend mulmig war es dem Jungen zumute. Nicht lange, da vernahm er Schritte hinter sich. Kiawo erschrak und lief schneller, worauf die Gestalt hinter ihm ebenfalls beschleunigte. Als der Junge an einem brachliegenden Grundstück vorbeilief, wurde er plötzlich von hinten gepackt. Kiawo schrie auf und wehrte sich aus Leibeskräften, schließlich gelang es ihm aufgrund seiner Wendigkeit, sich dem Griff zu entziehen. Der Angreifer war um einiges größer, allerdings sehr schlank und schien nun unschlüssig, was er tun sollte. Schließlich versuchte er erneut, das Kind festzuhalten und ihm die Kleider vom Leib zu reißen. Auf einmal gab es einen dumpfen Schlag, gefolgt von einem harten Aufprall. Kiawo

blickte sich ängstlich um und erkannte eine kräftige
Person, die hinter ihm stand.
„Alles in Ordnung, mein Sohn?“
„Daddy?“
Es handelte sich tatsächlich um Musoke, Kiawos Va-
ter, der gerade noch zur rechten Zeit gekommen war.
Der Angreifer lag reglos am Boden und rührte sich
nicht.
„Ist er tot?“, fragte der Junge ängstlich, worauf ihm
sein Dad beruhigend über das krause Haar strich.
„Das ist egal. Niemand vergreift sich an meinem
Sohn. Das soll dem Kerl eine Lehre sein.“
Zusammen gingen sie nach Hause, als die Lampen
wieder ansprangen. Sofort huschten überall ver-
mummte Kreaturen in ihre Verstecke zurück und
Musoke konnte ihr letztes Werk sehen. Mehrere Autos
waren bös zerkratzt worden. Die brennende Müllton-
ne, die einige Dutzend Meter die Straße rauf lichterloh
brannte, verlor durch das künstliche Licht an Strahl-
kraft. An mehreren Häusern waren die unteren Fens-
terscheiben eingeschlagen, offensichtlich Einbruchs-
versuche, die dann an den verstärkten Stahlstreben
hinter den Glasscheiben gescheitert waren.
„Diese Earth Hour ist der größte Schwachsinn überhaupt“, knurrte Kiawos Vater und schüttelte eine
Faust. „Und warum bist du überhaupt im Dunklen
losgelaufen? Ich dachte du pennst dort.“
„Salomes Mutter wollte es so“, erwiderte das Kind.
Musoke brummte böse. „Das darf doch nicht wahr
sein. Komm, wir gehen zu ihr und lesen ihr die Levi-
ten.“
Mit schnellen Schritten liefen sie auf die Mietskaserne
zu, in der Salome mit ihren Eltern wohnte und klingel-

ten. Schon nach kurzer Zeit öffnete Loona. „Was gibt
es?“

Kiawos Dad kam gleich zum Punkt. „Wieso lassen
Sie meinen Sohn im Finsteren alleine loslaufen? Ihm
wäre beinahe etwas passiert.“

Nun erschien auch Salomes Vater Jeremias. „Siehste,
was hab ich gesagt? Lass den Kleinen hier übernachten oder bis wenigstens nach der dunklen Stunde im
Haus.“

„Ich will das aber nicht“, kreischte Loona. „Kein
Fremder soll bei uns schlafen. Und die Earth Hour ist
wichtig, für das Klima müssen wir alle Opfer bringen.“

Musoke kochte vor Wut. „Mein Sohn wäre beinahe in
die Hände eines Sexualverbrechers geraten. Das nennen Sie Opfer bringen?“

Kiawo drängelte sich durch die Streitenden hindurch,
um Salome zu begrüßen, die an der Treppe stand.
„Wie gehts den Kleinen eigentlich?“

Loona drehte sich sofort um und kniff die Augenbrau-
en zusammen. „Welche Kleinen?“

„Kiawos Meerschweinchen“, erklärte Musoke. „Er
dachte, es sei in Ordnung, sie den morgigen Tag über
bei euch zu lassen.“

Noch ehe sich alle Anwesenden versahen, bekam
Salomes Mum einen Wutanfall. „Ihr wagt es klima-
schädliches Viehzeug hierher zu bringen? Wisst ihr
nicht, dass Haustiere bei strenger Strafe verboten
sind? Ich werde die Polizei holen.“

Jeremias fasste nach ihrer Hand. „Hör doch endlich
mal auf damit. Für Kinder ist es von Vorteil, mit Tieren aufzuwachsen.“

„Aber nicht für das Klima“, rief Loona. „Das ist wichtiger. Sonst sterben wir irgendwann alle aus.“
Musoke schüttelte nur noch den Kopf, während Jeremias Paroli gab. „Hast du immer noch nicht kapiert, dass wir einer gigantischen Lüge aufgesessen sind?“
„Das ist keine Lüge!“, brüllte die Frau. „Der Klimaschutz geht uns alle an. Und jetzt raus mit dem Getier! Wenn ihr das nicht wollt, könnt ihr auch gleich mit. Du auch, Jeremias!“
„Bist du jetzt völlig verrückt geworden?“ Salomes Dad bekam kaum Luft, so zornig war er. Ehe er noch mehr sagen konnte, kreischte seine Ehefrau weiter.
„Ich will nicht, dass meine Tochter mit klimaschädigenden Elementen zusammenkommt. Ab sofort Hausarrest und Besuchsverbot.“
„Mum, das kannst du nicht bringen“, beschwerte sich Salome.
Jeremias sprang ihr bei. „Hier gibt es keine Strafen, damit das mal klar ist.“
Durch den Krach, den die Streithähne im Treppenhaus verursachten, wurden auch andere Nachbarn wach und es dauerte nicht lange, da erschien die Polizei. Musoke bedeutete seinem Sohn leise, schnell mit Salome in ihrem Zimmer zu verschwinden und die Tür zu verriegeln. Als er die Uniformierten erblickte, erkannte er, dass er genau richtig entschied, denn es handelte sich um die Klimapolizei.
„Was ist hier los?“, fragte einer der Polizisten mit strenger Stimme.
Eine ältere Nachbarin mit Haaren wie eine Pusteblume steckte den Kopf zur Tür heraus. „Die plärren hier schon die ganze Zeit herum und ich habe auch was von Haustieren gehört.“

„Ist das wahr?“, wollte der Uniformierte wissen. „Ihr wisst, dass strenge Strafe auf Haustierbesitz steht. Ich werde eure Wohnung durchsuchen müssen. Zudem kommt ihr alle drei mit auf die Wache wegen Ruhestörung.“

Musoke rollte mit den Augen. Offenbar war es hier in diesem Haus Gang und Gäbe, sich gegenseitig zu bespitzeln und zu verraten. In seiner Bruchbude, die zumeist von Migranten bewohnt wurde, gingen die Menschen freundlicher miteinander um.

Loona trat vor. „Herr Wachtmeister, ich möchte Anzeige erstatten. Dieser Mann hier“, sie wies dabei auf Kiawos Vater, „hat meiner Tochter heimlich Meerschweinchen untergeschoben. Und mein Mann hat ihm dabei geholfen.“

„Bist du irre?“, schrie Jeremias voller Wut.

Der Polizist hob die Hand. „Ruhe! Alle! Und ihr werdet alle in Gewahrsam genommen wegen des Verdachts klimaschädlicher Aktionen. Abführen!“

Seine Kollegen kamen herbei und legten Jeremias, Loona und Musoke Handschellen an. Salomes Dad versuchte, sich zu wehren, und erhielt einen Schlag mit der Faust ins Gesicht, so dass er zusammenklappte.

„Ihr holt die Kinder und nehmt sie ebenfalls fest“, befahl der Einsatzleiter. „Vorher zeigt ihnen, was mit Klimaschädlingen geschieht.“

Drei gepanzerte Polizisten stürmten die Treppen hoch und begannen, die Wohnung zu durchsuchen.

Salome und Kiawo standen am Fenster und beobachteten mit Entsetzen, wie ihre Eltern verhaftet und zum Polizeiwagen gebracht wurden.

„Was machen wir jetzt?“, fragte der Junge ängstlich.

Salome sah nur einen Ausweg. Sie kannte die Klimamiliz und erwartete nicht, die Erwachsenen so schnell wiederzusehen. Mehr noch, auch ihnen selbst drohte Jugendarrest oder gleich das Boot Camp für Klimaleugner, wo bereits zehnjährige Abweichler hart gedrillt wurden. Natürlich erfuhr man davon nichts in den Medien, aber ab und an auf Internetseiten, die bei Enttarnung sogleich eine Sperre bekamen.

„Wir müssen fliehen", erklärte das Mädchen. „Eine andere Möglichkeit gibt es nicht." Geschwind suchte sie mehrere Kleidungsstücke zusammen und stopfte sie in einen Rucksack. Ihr Handy und der Taschengeldchip folgten. Dann ergriff sie die Tierbox, während Kiawo das Fenster öffnete. Im selben Moment zersplitterte die Tür, als die Polizisten sich Zutritt zum Zimmer verschafften. Einer stürzte sich sogleich auf den Transportkorb, riss dessen Klappe auf und packte eines der Meerschweinchen. „Schaut zu, ihr Gören. Sowas passiert mit klimaschädigenden Tieren."

Bevor er dem wild zappelnden Nager etwas tun konnte, musste der Mann plötzlich husten. Ein keuchendes, ächzendes Würgen schüttelte ihn. Dann schwoll seine Nase dick und rot an. Er ließ das Meerschweinchen fallen und packte sich an den Hals.

„Verdammt, ich kriege keine Luft mehr!", krächzte er. Salome fing das Tier auf, setzte es in die Box zurück und lief zum Fenster. Sie kümmerte sich nicht um den Bullen, der offensichtlich einen schweren Allergieanfall erlitt. Kein Wunder. Schon seit einiger Zeit vor ihrer Geburt waren Haustiere verboten, doch waren diese der beste Schutz vor Allergien, da sich der Körper an die fremden Noxen gewöhnte. So aber stiegen

72

derartige Erkrankungen exponentiell an und erwischte
zu ihrem Glück auch den Polizisten.
Kiawo und Salome kletterten aus dem Fenster und
rannten, so schnell sie konnten, mit ihrem Gepäck in
ein dunkles Waldstück.

Immer mehr Menschen versammelten sich vor Skyla.
Es handelte sich um die Soldaten, die neu dem Dienst
auf dem Kahn zugeteilt worden waren und das Flugzeug noch nicht zu Gesicht bekommen hatten. Einige
berührten die Tupolew auch, worauf sie zusammen-
zuckte. Fishbeck musste sie schließlich bremsen. „Sie
ist empfindsam, also lasst das bitte.“
„Endlich das, was Henricus so lange schon suchte“,
meinte einer erstaunt und rieb sich den Bart. „Wie
nennt sie sich? Skyla? So hieß doch auch ein Unge-
heuer bei den alten Griechen.“
Fishbeck schüttelte den Kopf. „Das Viech schreibt
man mit zwei L und unsere Freundin hier wird zudem
englisch ausgesprochen.“
Einer der Männer stand an der Reling und seufzte.
„Bald ist Ostern. Hoffentlich sind wir da endlich da-
heim.“
Skyla, die dem Ganzen zuhörte, kicherte leise, als sie
die Osterfeier dieser Leute vor ihrem geistigen Auge
vorstellte. Sicher kaufte man einen Christstollen, warf
den aus dem Fenster und schrie Alaaf. Allerdings
hoffte sie auch, dass die Fahrt endlich vorbei wäre und
sie endlich von diesem Schweinetrog von Schiff her-
unterkonnte. Doch es sollte noch Tage dauern.

Einige Zeit später in der karibischen See, Hoheitsge-
wässer der NRA: Die Regenbogen von Antwerpen,

ein Brennstoffzellen-U-Boot der Magister Klasse, fuhr
in Schleichfahrt auf das große Frachtschiff zu. Sie
waren noch fünfundzwanzig Kilometer entfernt. Gerade nah genug für die Extremreichweitentorpedos.
Kapitänleutnant Dennis McGibher ging durch die
enge Brücke des Magister U-Boots. Mit leiser Stimme
berichtete ihm der zweite Offizier von der Annähe-
rung an das amerikanische Schiff.
„Gut, Meier, ich denke damit wären wir dann dran.
Torpedorohre eins und zwei laden und fluten“, befahl
McGibher.
„Aye, Sir. Laden und fluten.“ Der zweite Offizier
wandte sich um und gab den Befehl weiter.
„Programmieren Sie eine diametral entgegengesetzte
laterale Abweichung von dreißig Grad und einen ge-
raden Anlauf ab fünfzehn Kilometern Entfernung“,
sagte McGibher und rieb sich das unrasierte Kinn.
„Damit sollten sie auf keinen Fall entkommen können.“
„Herr KaLeu, Torpedos geladen, geflutet und programmiert. Wir sind bereit für den Abschuss“, berichtete Meier kurze Zeit später.
„Gut, feuern Sie!“, befahl McGibher. Es rumste kurz,
als die Torpedoluken aufklappten, und dann war nur
noch das Geräusch der startenden Torpedos zu hören.
Die mit modernem Sprengstoff mit fünfhundert Kilo-
gramm TNT-Äquivalent beschickten Torpedos würden das gegnerische Frachtschiff förmlich zerfetzen.
Das Geräusch der Torpedos wurde leiser und schließlich hörte man die Detonation. McGibher sah sich
nach seinem zweiten Offizier um.
„Meier, das war zu früh. Ich hätte noch zwei Minuten
erwartet.“

„Aye, Sir. Vorzeitige Detonation beider Torpedos. Logische Schlussfolgerung. Feind in Reichweite, der diese abgefangen hat", erklärte dieser nüchtern.

„Das denke ich eben auch. So eine Scheiße."

In diesem Moment rief der Matrose am Scanner. „Ortung. Torpedos im Wasser. Wiederhole Torpedos im Wasser."

„Aus welcher Richtung?", erkundigte sich McGibher hektisch.

„Ich habe jeweils zwei Torpedos aus jeder Himmelsrichtung, Kapitän", erwiderte der Matrose, der sichtlich blass geworden war.

„Scheiße", fluchte McGibher. „Die haben uns erwartet."

„Die können uns nicht geortet haben. Die Magister-Klasse gehört zu den Lautlos-U-Booten. Praktisch ohne aktive Ortung nicht bemerkbar", erklärte Meier.

„Sagen Sie das denjenigen, die uns hier als Zielscheibe verwenden", rief der KaLeu.

„Gut, Täuschkörper raus. Ich will eine Kursänderung um vierundzwanzig Grad und geben Sie Stoff. Tauchtiefe auf zweihundert Meter erhöhen. Dann machen Sie die Antitorpedosysteme einsatzbereit. Ich will Antitorpedos im Wasser haben. Stiller roter Alarm." McGibher rasselte die Kommandos herunter und die Mannschaft verfiel in hektische, aber dennoch lautlose Betriebsamkeit.

Auf dem Scannerdisplay der Steelshark waren die zentral von der KI des Atom-U-Bootes gesteuerten Torpedos als gelbe Punkte markiert, die auf die vermutete Position des feindlichen U-Bootes deutscher Fabrikation zusteuerten. Woher Captain Smith wusste, dass es ein deutsches Fabrikat war, war jedem an Bord der Steelshark bewusst. Die verdammten Dinger hörte man einfach nicht. Wären sie nicht durch den Lagebericht und die Spürnase ihres Captains gewarnt gewesen, die Tin Lilly wäre schon auf den Grund des Ozeans gesunken. Smith nickte zufrieden.

„Aktivieren Sie die aktive Ortung bei einem Kilometer vor der vermuteten Position des U-Bootes", befahl er.

Der Torpedooffizier nickte und programmierte dann die KI eben jenes zu tun.

Dann auf einmal blitzte es auf dem Scannerdisplay hell auf. Die Torpedos hatten die aktive Ortung aktiviert und die Scanner beleuchteten das feindliche U-Boot. Die KI der Ortungssoftware berechnete aus den Schnittbildern der acht Torpedos ein 3D- Model des feindlichen Bootes. Smith nickte zufrieden, als er ein Schiff der Magister-Klasse erkannte.

„Jap, eines dieser Lautlos-U-Boote. Da hätten wir lange hinhören können. Gut, dass sie sich durch den Start ihrer Extremreichweitentorpedos verraten haben."

Dann rief der Ortungsoffizier: „Antitorpedos im Wasser. Und wir haben Täuschkörper."

„Wie viele", fragte Smith nach.

„Sechs", erwiderte der Mann.

„Gut", sagte Smith und rief sich das Wissen über die Magister Klasse ins Gedächtnis. „Das bedeutet, dass sie die maximale Anzahl aus ihrem ersten Magazin ausgeworfen haben. Sie werden jetzt nachladen und ihre Chancen noch einmal verdoppeln."

„Sir, ist es denn möglich dieses U-Boot zu versenken?", erkundigte sich ein Lieutenant beim Captain.

„Natürlich. Es ist nur gut getarnt und kein Geist. Ich denke wir werden eine zweite Welle schicken. Befehl an alle U-Boote. Noch einmal feuern.“

„Ja, Sir“, gab der Funkoffizier zurück. Zu den neusten technischen Errungenschaften der Waffenschmieden der NRA gehörte auch ein Unterwasserfunksystem, dessen Frequenzen außerhalb der von den üblichen Sensoren wahrnehmbaren lagen. Kurze Zeit darauf startete die zweite Torpedowelle auf das unbekannte VSE-U-Boot hin zu.

„Die wollen mich doch verarschen!“, schimpfte McGibher, als der Sensoroffizier eine zweite Torpedowelle dicht hinter der ersten berichtete. „Werfen Sie das zweite Magazin Täuschkörper aus!“, befahl er. „Wie sehen die Abfangkurse der Antitorpedos aus?“

„Gut, KaLeu“, erwiderte der Torpedooffizier. „Sie sollten in den nächsten Sekunden treffen.“ Kaum hatte er ausgesprochen, als die Detonationen von mehreren Torpedos das U-Boot erschütterten.

„Ich habe vier, nein fünf vernichtete feindliche Torpedos. Drei aus der ersten Welle werden uns in einer halben Minute erreichen.“

„Auf Einschlag vorbereiten“, befahl der KaLeu mit ruhiger Stimme. Überall auf dem U-Boot hielten sich die Männer fest, in Erwartung einer alles vernichtenden Explosion.

Die drei Torpedos der ersten Welle näherten sich schnell der ehemaligen Position der Regenbogen und bogen dann ab und folgten dem neuen Kurs des Tauchbootes. Die Täuschkörper der Regenbogen, elaborierte und hoch entwickelte Maschinen, störten die Scanner der Torpedos und gaukelten der gegneri-

schen KI ein U-Boot vor, wo keines war. Gerade mit genug Masse versehen, um die feindlichen Torpedos zünden zu lassen, lenkten sie die drei Torpedos ab, sodass diese frühzeitig detonierten. Die Druckwelle pflanzte sich durch das Wasser fort und ließ den Schiffskörper der Regenbogen hallen.
McGibher vergewisserte sich, dass er noch lebte.
„Schadensbericht!", verlangte er.
„Keine Schäden, Herr KaLeu", kam die Antwort.
„Gut, die erste Welle haben wir überstanden. Starten Sie weitere Antitorpedos und Täuschkörper. Und bringen Sie mir diese Wichser von NRA-Arschlöchern auf den Schirm. Ich würde gerne zurückschlagen."

„Erfassung!", rief der Sensoroffizier der Steelshark, als die Scanner des feindlichen U-Bootes das Wasser durchforschten. Damit gab das VSE-U-Boot zwar seine verbliebene Tarnung auf, jedoch war dies das Zeichen dafür, dass ab jetzt mit Gegenfeuer zu rechnen war. Und tatsächlich schraubten sich Sekunden später zwei Torpedos durch das Wasser auf die Steelshark zu. Jetzt war das NRAN-Atom-U-Boot an der Reihe mit elektronischen und physischen Gegenmaßnahmen um ihr Leben zu kämpfen. Doch gelang ihr das nicht ganz so gut, wie dem VSE- Boot und ein Torpedo detonierte am hinteren Steuerbordrumpf. Die Druckwelle der Explosion zerknüllte die Hülle des U-Bootes wie Papier und riss den Rumpf entlang einer zwanzig Meter langen Linie auf. Dutzende Soldaten der Steelshark starben sofort und viele weitere ertranken qualvoll, als das Boot voll Wasser lief und wie ein Stein sank. Captain Smith ordnete die Evakuierung

des U-Bootes an. Er war einer der letzten, die von
Bord gingen und in die Rettungskapseln stiegen. Dann
wurde er vom Magnetwerfer aus dem, unter dem stärker werdenden Druck des Wassers ächzendem, Boot
ins Meer geschossen und stieg schnell durch die Wassermassen der See hinauf der Oberfläche entgegen.
Die Steelshark, nur noch ein Wrack, ein bloßer Über-
rest eines einstmals stolzen Navy-U-Bootes, verlor
mehr und mehr ihre Form, als der Wasserdruck die
Hülle eindrückte. Dann wurde die Integrität des Kern-
reaktors verletzt und mit einem hellen Blitz und einer
gigantischen oberirdischen Wasserfontäne explodierte
der Atomreaktor. Die Druckwelle tötete alles Leben in
einem Umkreis von fünfzig Kilometern. Viele Dutzend Wale, Delfine und zigtausende Fische fanden
einen raschen, grausamen Tod.
Der Schlagabtausch unter den U-Booten ging weiter,
bis schließlich die Nahbereichsverteidigung der Regenbogen überlastet wurde. Es standen keine Täuschkörper mehr zur Verfügung und die Antitorpedos waren schon vor einer ganzen Weile ausgegangen. Nur
durch Glück und überragendes seemännisches Können, war das U-Boot der Magister Klasse bisher der
Vernichtung entronnen. Doch jedes Glück endet irgendwann und Können ist nur dann von Nutzen, wenn
man das entsprechende Werkzeug zur Verfügung hat.
Zwei Torpedos schlugen in die Regenbogen ein und
vernichteten sie. Es gab keine Überlebenden.

An Bord der Tin Lilly beobachtete der Steuermann,
der von der Steelshark ausgeliehen worden war, die
Explosionen unter Wasser und als die charakteristi-
sche Pilzwolke einer nuklearen Kernspaltung in die

Atmosphäre aufstieg, wusste er, dass viele seiner Kameraden gerade den Tod gefunden hatten.
„Dreckiges Pack von der VSE", fluchte er.

Skyla spürte ein entferntes, tiefes Grollen, wie von einem heranziehenden Gewitter, gefolgt von einem aufkommenden Wind. Irgendwo war etwas sehr Großes detoniert. Mehr vermochte sie durch die Besatzung in Erfahrung zu bringen. Nicht wenige standen an der Reling, starrten auf den Atompilz und unterhielten sich.
„Ist da echt eine Kernwaffe hochgegangen?"
„Werfen die jetzt sogar Atomraketen auf uns?"
Der Tupolew wurde mulmig zumute, zumal auch die Matrosen nicht gerade frohen Mutes schienen. Wie es aussah, wurde der Krieg um ihr Leben nun auch mit Nuklearwaffen ausgetragen. Es dauerte einige Zeit, ehe das wahre Geschehen unter der Mannschaft die Runde machte. Eines der amerikanischen Unterseeboote, atomar betrieben, war zerstört worden.
Skyla war nicht klar, ob sie das nun besser oder schlechter finden sollte. Sie kannte die Wirkungsweise und Folgen dieser Art von Technik. Wenn es wirklich eine Explosion gab, würde es danach zu einem Fallout kommen. Sie selbst war immun gegen Radioaktivität, doch ihre Haut würde danach für eine Zeitlang ebenfalls strahlen. Ihr fiel ein, dass diese Methode wohl der beste Schutz vor angreifenden Menschen darstellte, andererseits für ihre Verbündeten sowie für Tiere eine Gefahr bedeutete.

Auch die Insassen der Baphomet 3 bemerkten die unüberhörbare atomare Explosion. Silas dachte dabei ähnlich wie Skyla. „Vielleicht krepieren die alle von der Strahlung und wir können endlich unsere Anführerin befreien."

Komodo wies auf den Radarschirm. „Noch sind zu viele Störobjekte in der Nähe, zudem rückt da noch etwas Großes an."

Er beschloss dennoch, in Alarmbereitschaft zu gehen, um gegebenenfalls eingreifen zu können. Sein Ziel war dabei vorrangig die europäische Flotte. Diese galt es unbemerkt zu dezimieren. „Minibohrdrohnen bereitmachen!"

Diese winzigen Geräte waren dafür geschaffen worden, unbemerkt an feindliche Schiffe heranzuschwimmen, sich an ihnen festzuhaken und Löcher hineinzubohren. Deren KI war programmiert, Frachtkähne außen vor zu lassen, somit bestand keine Gefahr, dass die Tin Lilly in Mitleidenschaft geriet.

Admiral Müller-Ebenbach wandte sich an den Kapitän der WEI Aberdeen.

„Die Regenbogen scheint keinen Erfolg gehabt zu haben. Erteilen Sie der Rotterdam den Befehl zum Feuern. Der Raketenträger soll das Frachtschiff aus dem Meer pusten."

„Jawohl, Herr Admiral", bestätigte Kapitän Oberwasser und erteilte die entsprechenden Befehle. Der Nordseekampfverband 3, bestehend aus drei schweren Kreuzern, einem Langreichweitenraketenträger und einem leichten Kreuzer, der für die Flug- und Drohnenabwehr modifiziert worden war, fuhr mit gleichbleibender Geschwindigkeit durch die karibische See. Sie hatten Kuba passiert und näherten sich schnell der Position der Tin Lilly.

„Sir, ich habe feindliche Einheiten auf den Scannern“,
meldete sich der Ortungsoffizier.
„Ok“, sagte Admiral Müller-Ebenbach, „auf den
Schirm. Um was handelt es sich?“
„Scheint mir ein Flugzeugträger der Belkeley-Klasse
zu sein, sowie ein paar schwere Kreuzer“, antwortete
Kapitän Oberwasser.
„Gut, fein. Sie wollen Krieg. Sie bekommen Krieg.
Für unsere gefallenen Kameraden in der Antarktis!
Für die Regenbogen“, stimmte der Admiral die Brü-
ckenbesatzung auf die Schlacht ein. „Die Rotterdam
soll eine Salve auf den Frachter abfeuern und sich
dann um den Flugzeugträger kümmern.“
„Aye, Sir!“, bestätigte Kapitän Oberwasser den Befehl
und leitete diesen sogleich weiter.
Auf der Rotterdam öffneten sich die Raketenabschuss-
luken. Kapitänleutnant Mooroes nickte seinem Feuer-
leitoffizier zu. „Eine Salve Golden Rockets auf den
Frachter, danach ist der Flugzeugträger dran.“
Die Golden Rockets Raketen, ein hypermoderner
Marschflugkörper mit einer Reichweite von zweitau-
sendfünfhundert Kilometern, besaßen einen JMEWS
Gefechtskopf, welcher je nach Art des beschossenen
Zieles ausgetauscht werden konnte. Gegen das ungepanzerte Frachtschiff waren momentan Hochexplo-
sivgefechtsköpfe geladen worden. Ein Austausch der
Gefechtsköpfe konnte, dank des modular aufgebauten
Systems des Seezielflugkörpers, innerhalb von dreißig
Sekunden erfolgen. Nachdem die Feuerfreigabe erteilt
worden war, drückte Leutnant Aspen den im Holodis-
play markierten, großen Knopf, worauf hin die Raketen abgeschossen wurden.

Draußen auf Deck des Raketenträgers zündeten in den
Raketenrohren die Booster und beförderten die Raketen hoch in die Luft. In dreißig Metern Höhe wurde
der Booster abgeworfen, die Lagedüsen der Raketen
zündeten und richteten diese horizontal aus. Dann
aktivierte sich das Triebwerk der Raketen und sie
schossen mit einer Reisegeschwindigkeit von neun-
hundertfünfzig km/h davon.
Mooroes blickte zu seinem Raketenoffizier. „Laden
Sie Hohlladungsgefechtsköpfe. Jetzt machen wir den
Flugzeugträger fertig.“
Eine weitere Salve von vier Raketen wurde gestartet.
Dann noch eine und noch eine. Innerhalb kürzester
Zeit waren die Startmagazine, welche je vier Raketen
fassten leergeschossen und der Nachladeprozess begann. Im Bauch des Raketenträgers schwitzten die
Matrosen, als sie mit reiner Körperkraft und der Hilfe
von mechanischen Hebern die nächsten Raketen in die
Autolader schoben und die Magazine luden. Schwit-
zend und keuchend gab eine Lademannschaft nach der
anderen grünes Licht und die Magazine fuhren wieder
hoch in ihre Position an Deck. Der Feuerleitoffizier
schoss die nächsten Salven ab.
Über dem Karibischen Meer, ungefähr an der Stelle,
an der die Regenbogen von Antwerpen als Kund-
schafter zusammen mit der Steelshark untergegangen
war, rasten die Raketen in fünfunddreißig Metern
Höhe über die stahlblaue Wasseroberfläche dahin.
Jeder der vier Raketen umfassenden Wellen des Rake-
tenbeschusses nahm eine Zielaufschaltung auf den
Frachter Tin Lilly, welcher in einer Entfernung von
315 Kilometern nach Norden fuhr, vor und die KI des

Feuerleitcomputers verteilte die Trefferzonen entlang der Wasserlinie.

Steuermann Itho bekam von der Gefahr, die mit knapp unter Schallgeschwindigkeit auf die Tin Lilly zuraste, nichts mit. Seelenruhig saß er vor den Steuerkonsolen und trank seinen zweiten Kaffee. Das bisher aufregendste war die Explosion des nuklearen Antriebssystems der Steelshark gewesen. Natürlich machte er nur äußerlich den Eindruck von Seelenruhe. Innerlich war er mehr als aufgewühlt. All seine Kameraden an Bord der Steelshark waren getötet, nein richtiger noch, ermordet worden von diesen Tieren von der VSE. Dann blitzte es auf dem Scanner auf. Irgendetwas näherte sich enorm schnell der Tin Lilly. Itho sprang auf. „Scheiße!", stöhnte er aus vollem Herzen.

Die Raketen gingen in die Endphase ihres Anfluges über. Eine aktive Radaraufschaltung durch die Raketen war nicht nötig, sodass das Risiko durch Antiradarraketenabwehrraketen gering war. Die Raketen verringerten die Flughöhe, sie würden knapp über der Wasserlinie in den Frachter einschlagen und Löcher groß wie Häuser in die ungepanzerte Flanke des riesigen Schiffes reißen. Und das wären nur die ersten vier Raketen.

In diesem Moment, die heranjagenden Raketen waren nur noch wenige hundert Meter vom fatalen Aufschlagen entfernt, eröffnete das getarnte Stealthschiff, ein kleiner Zerstörer, das Feuer mit seinen Gatling Autokanonen. Zweitausend Schuss die Minute wurden herausgepumpt und das dröhnende Rattern der Waffe wirkte wie ein mystischer Schlachtgesang aus uralten Zeiten. Eine Rakete nach der anderen wurde getroffen und explodierte vorzeitig. Bei der Tin Lilly kam nur ein Regen aus Trümmerstücken an, welcher gegen die Bordwand und Skyla prasselten. Diese erschreckte sich fast zu Tode.

Auf dem Flugzeugträger der NRAN gellte währenddessen der rote Alarm. Die gesamte Mannschaft war auf den Angriff vorbereitet und die Piloten starteten in ihren F-354 Flugzeugen. Mit einer Startrate von zehn Maschinen in der Minute von vier Flugrampen waren innerhalb von zehn Minuten die hundert Flugzeuge des Flugzeugträgers in der Luft. Die Raketenabwehrsysteme des Flugzeugträgers aktivierten sich und schossen die ersten acht Raketen der zweiten Salve der Rotterdam aus der Luft. Dann folgten die restlichen Raketen. Bis auf eine konnten alle neutralisiert werden. Diese letzte aber, mit einem Hohlladungsgefechtskopf ausgerüstet, überwand die Verteidigung des Flugzeugträgers und schlug mit vernichtender Gewalt in das Schiff ein. Feuer und Trümmerstücke jagten durch die Gänge und Korridore, als die Panzerung durchschlagen wurde. Wasser drang ein und die automatische Schadensregulierung flutete die getroffenen Räume und Gänge mit schnell aushärtendem Schaum. Die F-354 Skylighter nahmen unterdessen Kurs auf die Flotte der VSE. Der Staffelführer der Maschinen aktivierte seinen Funk. „Wir werden sie mit unserer bloßen Übermacht vernichten! Angriff!"
Die Skylighter flogen auf die VSE-Schiffe zu und aktivierten ihre Raketen sowie ihre Torpedos. Eine einzige gewaltige Salve an Vernichtungskraft ähnlich einer Naturgewalt, raste auf die Rotterdam, die Aberdeen und die restlichen WEI-Schiffe zu.
Dann lenkte der leichte Kreuzer Lyon vor die anderen Schiffe seines Verbands. Der auf Flug- und Drohnen-

abwehr spezialisierte Kreuzer war der Aufgabe, die vielen hundert Raketen abzuwehren mehr als gewachsen. Die achtzehn Gatling Autokanonen vom Modell Vulcan VI eröffneten jeweils von einer KI kontrolliert, aber im Verbund geschaltet und somit von einer Schwarm-KI beseelt, das Feuer. Dutzendfach explodierten die feindlichen Raketen in der Luft und ein wahrer Vorhang an schwarzen Explosionswolken formierte sich im Himmel über dem Karibischen Meer. Zig Dutzend tausende Schuss Munition wurden abgefeuert, aber es gelang, was niemand auf Seiten der NRA-Navy vermutet hätte. Die Lyon wehrte den gesamten Luftschlag der Skylighter ab und schaffte es sogar noch ein paar der Jäger vom Himmel zu holen. Anders sah es mit den von den F-354 gestarteten Torpedos aus. Die Antitorpedosysteme der Flotte arbeiteten, aber drei kamen durch und trafen den leichten Kreuzer schwer. Trotz der Schadensregulierung bekam die Lyon stark Schlagseite, bevor der Kreuzer stabilisiert werden konnte. Jetzt sahen die Chancen zur Abwehr künftiger Luftangriffe schlecht aus.

Salome und Kiawo harrten eine Weile in dem Waldstück aus und berieten, wie es nun weitergehen sollte. Hierbleiben war unmöglich, da zu dieser Jahreszeit die Bäume und Sträucher noch kahl waren und keinen Schutz vor suchenden Blicken boten. Zudem würde es hier sehr bald vor Bullen wimmeln.
„Ich habe eine Idee", sagte der Junge. „Wir gehen zu einem Kumpel meines Vaters, der kann uns sicher weiterhelfen."
Salome stimmte zu und so schlichen beide vorsichtig weiter. Nicht lange und die ersten Polizeiwagen fuh-

ren die Straße herunter. Einer stoppte vor dem Haus, indem Salomes Familie wohnte, zwei andere hielten vor dem Waldstück. Mehrere Polizisten mit Taschenlampen stiegen aus und leuchteten die Gegend ab.
Die beiden Kinder liefen geduckt weiter und es gelang ihnen, das Haus mit Musokes Wohnung zu erreichen. Es war tatsächlich eine Bruchbude, mit schiefen Fenstern, kaputten Briefkästen und einem abgerockten Klingelschild. Auch wenn sämtliche Neubauten als Smart Homes errichtet wurden, galt das nicht für diese Ruine, auch wenn sie ebenfalls noch nicht alt war. Kiawo suchte die Klingel mit dem Namen Kenda und betätigte sie. Ein blechernes Schrillen ertönte, gefolgt von einer Stimme im Treppenhaus.
„Wer ist da?“
„Ich bin es, Kiawo.“
„Komm rauf.“
Nicht einmal automatische Schließanlagen besaß diese Bude. Die Tür hing schief in rostigen Angeln und war ziemlich schwer aufzuschieben.
„So kann man sich auch vor Einbrechern schützen“, brummte Salome, während Kiawo kicherte. „Das gilt auch für die Bullen.“
Beide schlüpften durch den schmalen Spalt und rannten die Treppe hoch. Mayingo, ebenfalls ein Mosambikaner wie Kiawos Dad Musoke, stand an der Haustür und wunderte sich. „Ist etwas passiert?“
Kiawo schüttelte sich. „Mein Papa und die Eltern meiner Freundin wurden verhaftet. Jetzt suchen sie uns. Wir brauchen Hilfe.“
Der Mann nickte. „Kommt erstmal rein.“

Die Wohnung war spartanisch, aber hübsch eingerichtet und sauber. Mayingo holte drei Gläser aus der Küche und füllte sie mit Wasser aus einem Topf.
Salomes Augen wurden immer größer. „Wo hast du denn das her?“
Der Afrikaner lächelte. „Während der Earth Hour vom Bach geholt, gefiltert und abgekocht.“
„Klasse“, jubelte Salome. „Der blöden Rationierung ein Schnippchen geschlagen.“
Ein düsterer Ausdruck huschte über Mayingos Gesicht. „Leider sieht es beim Essen nicht so gut aus und draußen einfach mal etwas jagen geht auch nicht. Erstens mag ich das nicht und zweitens gibt es ohnehin keine Tiere mehr.“
Er erinnerte sich mit Grausen an die letzte Jagd, die einmal im Monat stattfand, damit auch ja kein Wild übrigblieb. Aber anstatt das Fleisch den hungernden Bürgern zugänglich zu machen, wurde es in Biogasanlagen verbracht.
„Und meine Meerschweinchen werden nicht gegessen!“, warf Kiawo ein.
Mayingo strich ihm beruhigend über das Haar. „Keine Sorge, dass werden sie nicht. Sie sind ohnehin nicht erlaubt.“
Salome erinnerte sich, dass die meisten Bewohner hier Muslime waren, allerdings gemäßigt. Dennoch nahmen sie ihre Speisevorschriften ernst, worüber sie sogar froh war. Nicht wie andere, die alles verspachtelten, was sich bewegte. Ihr Bruder berichtete ihr einmal, dass hungernde Menschen regelrecht Jagd auf ausgesetzte Haustiere machten und ihr schauderte es. Selbst bei dem größten Hunger würde sie niemals Meerschweinchen oder Katzen verspeisen, weil es in

ihren Augen genauso schlimm war, wie Kannibalismus.
„Hast du eine Idee, was wir jetzt machen sollen?“, fragte Kiawo den Mann.
Der überlegte. „Auf jeden Fall könnt ihr nicht hierbleiben. Heute steht die Arbeitsuntersuchung an.“
„Und wenn die das Wasser finden?“, rief Salome.
„Keine Sorge, ich gebe es euch als Proviant mit, den Rest trinke ich aus und versteck die Töpfe.“
Er füllte vier Flaschen mit dem Wasser und reichte den beiden Kindern je zwei.
„Wechselklamotten solltet ihr auch mitnehmen.“
„Wohin sollen wir eigentlich fliehen?“, fragte Kiawo.
„Zu meinem Bruder, in die Antarktis“, erwiderte Salome.
Mayingo dachte nach und kratzte sich an seinem Kinnbart. „Das Beste wäre, wenn ihr es in Richtung Russland versucht. Dort finden sich bestimmt Flugzeuge, die euch weiterhelfen werden.“

Miguel huschte durch die düsteren Eingeweide der Tin Lilly auf der Suche nach Achmeds Gefängnis. In einer Nische erblickte er Shirley und Billy, die dort kauerten und sich offensichtlich ebenso versteckten. Da die beiden Frauen von den Soldaten genauso wenig geduldet waren, wie er, böte sich doch eine Zusammenarbeit an.
„Doomhammer“, flüsterte er zu seiner Waffe. „Soll ich mich mit den Weibern verbünden?“
„Keine gute Idee und sie könnten zudem deine Gefühle verletzen“, antwortete er mit verstellter Stimme, ehe er nickte. Mit Shirley wäre es wohl kein Problem,

doch diese Billy sah ernst und gefährlich aus, wie eine Kampflesbe.

Mehrere Einschläge prallten gegen den Kahn und Miguel bekam es mit der Angst zu tun. Offensichtlich fanden Gefechte statt und die Gefahr des Sinkens stieg immer weiter. So war es bestimmt besser, wenn er sich an Deck begab. Er lief durch die Korridore des Schiffes und die Treppen nach oben. Dann erreichte er das Frachtdeck.

Vorsichtig betrat er es und schaute nach Skyla, die stark zitterte. An ihrer Seite lagen eine Menge Trümmer, die an ihren Rumpf geprallt waren.

Jetzt warf er einen Blick auf das offene Meer und glaubte, sein Herz bliebe stehen. Ein gigantischer Atompilz stieg in die Stratosphäre auf und in einiger Entfernung gab es Seegefechte, zudem kreisten eine Menge Kampfflugzeuge am Himmel. Er hoffte, dass die Tin Lilly hier unbeschadet herauskam, denn nicht nur die Tupolew besaß keine Schwimmfähigkeit. Er selbst konnte ebenfalls nicht schwimmen.

Auch Shirley machte sich Gedanken, vor allem um Skyla. Die andauernden Gefechte drohten sie weiter zu beschädigen. „Kann dieser Depp von Kapitän uns nicht mal aus der Gefahrenzone bringen?", murmelte sie leise. Den umherschleichenden Brasilianer bemerkte sie nicht, er wäre ihr auch ziemlich egal. Wichtig war, dass sie schnellstens einen Hafen ansteuerten, da die Attacken der gegnerischen Einheiten immer intensiver wurden. Andererseits hätten sie einen Vorteil, wenn so viele Soldaten wie möglich draufgingen, denn es würde ihr Vorhaben deutlich vereinfachen.

Sie nahm ihr Handy zur Hand, um ihre Position zu
bestimmen. „Okay, wir befinden uns in der Karibik“,
sagte sie zu Billy, die gerade eine Provianttasche nach
Essbarem durchwühlte. Shirley ließ sich sämtliche
angrenzenden Häfen auf dem Display anzeigen und
schrieb dann ihrem Adjutanten Haymaker, dass er
möglichst zwei Last-Chinooks bereitstellen und in den
Süden des amerikanischen Teils der NRA bringen
sollte.

Salome und Kiawo saßen noch bei Musokes Freund
und berieten, wie sie ihre Flucht bestmöglich anstell-
ten. Mayingo kam inzwischen aus dem Schlafzimmer
und trug mehrere Kleidungsstücke auf dem Arm. „Es
ist wohl besser, wenn ihr euch verkleidet und eine
Perücke aufsetzt.“
Die beiden Kids nickten und begutachteten die Kla-
motten. Es handelte sich um bodenlange Gewänder
der Landestracht. Für Salome gab es zudem eine
braune Perücke, für Kiawo eine schwarze mit langen
Haaren. Als sie sich umgezogen hatten, brachte Mayingo noch eine Fuhre Heu für die Meerschweinchen,
die mit auf die lange Reise sollten. „Frischfutter müsst
ihr dann an Wiesen pflücken. Hier habt ihr auch etwas
Proviant für euch selbst.“ Dann zog er ein älteres
Handymodell hervor. „Zudem solltet ihr euer Geld auf
dieses Telefon laden, da eure sicher bald gesperrt
werden.“
Salome nickte und es zeigte sich, wie recht der Mann
hatte. Kaum war der Transfer erfolgt, wurde ihr
Smartphone gesperrt. Kiawo erging es ebenso.
Mayingo überlegte. Irgendetwas fehlte noch. Schließlich verließ er den Raum und kehrte mit zwei Isomat-

ten zurück. „Die werdet ihr ebenfalls brauchen, denn ihr müsst sicher im Wald übernachten. Ich habe einen Freund namens Chiro im slowakischen Bundesstaat. Der wird euch weiterhelfen."
Schließlich war es soweit, die Reise begann. Anfangs führte der Weg durch Waldgebiete, wo sie unbehelligt umherziehen konnten. Danach schlossen sie sich einer Gruppe Menschen an, die auf dem Weg zu den Obstplantagen waren, um diese zu bestäuben. In der Masse fielen sie nicht auf und tatsächlich fuhren zwei Polizeiautos einfach vorbei.
„In der kommenden Nacht soll es Frost geben", murmelte eine ältere, verhärmt aussehende Frau.
„Ja Scheiße, dann erfrieren die Blüten."
Salome dachte sich ihren Teil dazu. Die Klimajünger prophezeiten ständig, dass jeder Frühling wärmer als der vorherige würde, allerdings war das Gegenteil der Fall. Schon in den letzten Jahren gab es bis in den Mai hinein Wintereinbrüche. Einer der Arbeiter kam gerade auf das Thema zu sprechen. „Vielleicht zeigen die Maßnahmen ja Wirkung und das Klima kühlt sich wieder ab?"
Jetzt konnte Salome sich nicht mehr zurückhalten.
„Wohl kaum. Das ist normal und die Klimatologie meint, man solle Wetter nicht mit Klima verwechseln."
Der Mann lachte auf. „Das tun sie aber ständig selbst."
An der Plantage angekommen, trennten sich die beiden Kinder von den anderen und liefen allein weiter.
„Wo soll es denn hingehen?", erklang eine schnarrende Stimme. Salome drehte sich um und erblickte einen

Polizisten der hinter ihnen stand. Schnell packte sie Kiawos Hand. „Lauf!“

Sie rannten los, der Uniformierte ihnen nach. Doch da er beträchtliches Übergewicht hatte, offenbar von dem künstlichen Fraß, schnaufte er alsbald und blieb schließlich stehen. Er rief noch etwas, doch das kümmerte die beiden nicht, die nun erneut ein Waldstück betraten. Hier gab es tiefhängende Tannen, unter denen sie sich verstecken konnten. Keinen Augenblick zu früh, denn ein lautes Surren ertönte.

„Die suchen uns mit Drohnen“, meinte Kiawo und duckte sich noch tiefer in das Gestrüpp. Salome klaubte unterdessen mehrere Steine auf. „Wir müssen das Ding loswerden.“

Beide schleuderten ihre Wurfgeschosse auf das Gerät und der dritte Wurf traf. Die Drohne ging in ein Trudeln über und schmierte schließlich ab.

„Jetzt müssen wir hier schnell weg“, rief Salome.

Sie liefen weiter und durchquerten mehrere Felder, bis sie eine alte Hütte erreichten. Hier beschlossen sie auf den Einbruch der Dämmerung zu warten.

„Wenn es dunkel wird, kommen wir unbehelligter voran“, erklärte Salome.

Kiawo musste an sein Erlebnis von letzter Nacht denken und erschauderte. „Aber da sind sicher wieder Verbrecher unterwegs.“

„Dann müssen wir uns aus Stecken zwei Spieße fertigen.“

Salome hob zwei lange Stöcke auf und bearbeitete diese mit ihrem kleinen Taschenmesser, bis die Enden spitz genug waren. „Wenn uns jemand zu nahe rückt, rammen wir denen diese Teile hier dahin, wo keine Sonne scheint.“

In dem Schuppen hielten sie Rast, tranken und aßen etwas. Die Meerschweinchen bekamen Löwenzahn, über den sie sich mit großem Appetit hermachten. Als Kiawo weiter in seinem Rucksack wühlte, entdeckte er ein kleines Modellflugzeug. Es handelte sich um eine Tu-154M mit blauweißer Lackierung. „Wie kommt das denn hier rein?“, wunderte er sich und zeigte es seiner Freundin, die große Augen bekam. „Das Lieblingsmodell meines Bruders. Das müssen wir ihm auf jeden Fall bringen.“

Als es dunkel wurde, zogen sie weiter. Die innereuropäischen Grenzen existierten nicht mehr, so gelangten sie rasch auf tschechisches Gebiet.

Auf tschechischem Boden kamen die zwei gut voran und es dauerte nicht lange, da schlossen sich zwei andere Jugendliche an. Maja war vierzehn Jahre alt, schlank und von hohem Wuchs. Ihre kinnlangen, schwarzen Haare trug sie meist offen. Das zweite Kind hieß Jenisa, elf Jahre alt, klein und stämmig. Das rötliche, sehr dichte Haar fiel ihr in langen Locken über die Schultern. Sie stammten aus dem Bundesstaat Deutschland und waren ebenfalls auf der Flucht.

Sie übernachteten in einem alten, ungenutzten Trafohäuschen und wanderten bei Tagesanbruch weiter. Das Wetter versprach schön zu werden und rasch stieg die Sonne am Firmament empor. Ihr Weg führte sie erneut durch einen Wald und als sie ein Reh erblickten, stand allen vieren der Mund offen.

„Hier gibt es tatsächlich noch Wildtiere“, murmelte Salome. „Ich hab schon ewig keines mehr gesehen.“ Maja fuhr sich durch den schwarzen Schopf. „Ich glaube die Tschechen sind da noch nicht so krass drauf, wie Deutsche, Österreicher oder Schweden. Hier kann man tagsüber draußen sein.“

Sie musterte Salome und Kiawo durchdringend. „Ihr seid Österreicher, nicht wahr?“

Salome nickte. „Ja. Wir sind abgehauen, da man unsere Eltern verhaftet hat und uns das Gleiche blühte.“

Jenisa zeigte auf den Transportkorb. „Was habt ihr denn da drin?“

„Meerschweinchen“, erwiderte Kiawo. „Auch deswegen müssen wir fliehen.“

Maja seufzte. „Bei uns sind Haustiere auch verboten.“ Nachdem sie sich gegenseitig ihre Lebensgeschichten erzählt hatten, liefen die vier weiter. Die Sonne strahlte, doch im Westen begann sich der Himmel schmutzig grau zu färben. Salome, die viel draußen spielte, wusste die Zeichen zu deuten.

„Da zieht ein Hagelsturm auf und wir sind meilenweit von der nächsten Ortschaft entfernt.“

„Wird es wirklich so schlimm?“, fragte Maja, die sich das nicht vorstellen konnte. Zwar ging diese Generation wieder mehr vor die Tür, als noch die beiden zuvor, doch auch die aktuelle Jugend beschäftigte sich lieber mit den digitalen Medien, als mit der Natur. Salome und Kiawo waren da anders. Sie interessierten sich beide für Wetter und Klimaverhältnisse, auch um die aktuellen Lehren widerlegen zu können.

Schon bald kam ein scharfer Wind auf, gefolgt von mehreren Blitzen. Salome drängte daher zur Eile.

„Wir müssen schnell einen Unterschlupf finden, sonst ergeht es uns schlecht.“ Schließlich fanden sie einen herrenlosen, halb vollen Müllcontainer mit Schiebedeckel. Offensichtlich hatte den jemand einfach hier entsorgt.

Maja rümpfte angewidert die Nase. „Wir sollten weitersuchen, das Ding hier ist mir zu eklig."
Salome öffnete den Kübel und schaute hinein. „Da liegen zwei alte Kühlschränke drin. Nichts schlimmes."
Die Wolken zogen immer weiter zu und bald wich das letzte Sonnenlicht einer düsteren Dämmerung. Die Kinder wuchteten die beiden Eiskästen heraus und legten Gras und Reisig hinein, um es sich bequem zu machen und das Unwetter abzuwarten. Kaum saßen sie in der Tonne, öffnete sich der Himmel. Es blitzte und donnerte, gefolgt von einem lauten Prasseln.
„Es ist tatsächlich Hagel", meinte Kiawo mit anerkennendem Blick auf seine Freundin. Salome zuckte mit den Schultern. „Das ist sicher wieder eine Steilvorlage für die Klimajünger. Ständig labern sie von immer mehr CO_2 in der Luft und folglich weiteren Einschränkungen für die Bürger."
„Da sagst du was", stimmte Maja zu. „Bei uns gibt es sogar windige Verkäufer, die sogenannte CO_2-Absorber verkaufen, die man in jedes Zimmer stellen soll."
Der Hagel hörte abrupt auf, doch als Kiawo den Deckel zurückschob, wehte ihm Schnee ins Gesicht. „Na super", murrte er.
„Tolle Klimaerwärmung. Das ist nicht das erste Märzende, wo es schneit. Meist geht das auch im April so weiter", setzte Salome hinzu, worauf die anderen nickten.
„Vielleicht schaffen wir es bis nach Russland", sagte Jenisa, die gerade die beiden Meerschweinchen streichelte.

96

Erst als die Sonne die ersten zaghaften Strahlen zur
Erde schickte, wagten die vier es, den Container zu
verlassen. Es lag mindestens zehn Zentimeter Neu-
schnee, dazu jede Menge golfballgroßer Eisbrocken.
Kiawo machte ein betrübtes Gesicht. „Oh nein, wie
soll ich da Futter für Mimas und Enceladus finden?“
Salome blickte nach oben. „Keine Sorge, Kleiner. Wir
finden schon etwas.“
Tatsächlich standen mehrere blühende Löwenzahn-
pflanzen unter einem Baum. Kiawo pflückte sie und
reichte sie seinen kleinen Nagern, die ihn zufrieden
wegschnurpsten. Schließlich wanderten sie weiter.
Mehrere Felder schlossen sich an, auf denen jedoch
keine Bestäuber arbeiteten. „Brachen“, erklärte Maja.
„Man lässt alles so, wie es ist, mäht dann aber mehrmals, um die Pflanzen der Biogasverwertung zuzufüh-
ren.“
Ein größeres, hallenartiges Gebäude schloss sich an,
welches von hohen Stacheldrahtzäunen, Schranken
und Pförtnerhäuschen umgeben war. Salome brauchte
nicht erst auf den Geruch zu achten, um zu wissen,
was sie hier vor sich hatte.
„Schweinemastbetrieb, von der Größe her sicher
10000 Tiere.“
„Und ganz sicher nicht für die einfachen Bürger“,
maulte Maja.
Kiawo spie angewidert aus. „Würde ich ohnehin nicht
essen. Schon mal gesehen, wie die Schweine gehalten
werden? Die liegen monatelang in ihrem eigenen
Dreck, haben massive Krankheiten und Verletzun-
gen.“

„Ich glaube auch nicht, dass die Reichen es essen“, mutmaßte Salome. „Eher wird es exportiert. Die Exkremente und toten Tiere landen in der Biogasanlage.“
Ein großer Lastwagen, eindeutig als Tiertransporter zu erkennen, fuhr gerade aus der Anlage und bestätigte damit Salomes Aussage. Sie ließen den Mastbetrieb hinter sich und liefen weiter.
Eine Zeitlang blieben sie unbehelligt, doch als sie ein Waldstück erreichten, vernahmen sie laute Stimmen und den Ton von Signalhörnern. Schnell sprangen sie hinter ein Gebüsch und rollten sich dort zusammen. Als die Leute an ihnen vorbeigehastet waren, hob Salome vorsichtig ihren Kopf. Wie sie vermutete, waren es Jäger auf einer Treibjagd. Nur hatten sie anstatt Hunden mehrere Drohnen dabei, deshalb wurden die vier Kids wohl auch nicht aufgestöbert.
„Also werden auch hier Wildtiere bis zur Ausrottung gejagt“, brummte Salome.
„Ja“, pflichtete Maja ihr bei. „Zudem waren das deutsche Jäger, das hab ich ganz deutlich gehört.“
„Und Hunde hatten sie keine, weil sie ja so schlimm klimaschädlich sind.“
Sie gingen weiter, mussten aber immer wieder Deckung suchen, da Schüsse fielen. Erst nach einer geschlagenen Stunde geduckten Laufens konnten sie sich sicher fühlen.

„Auf Einschlag vorbereiten“, befahl Kapitän Oberwasser und überall auf der Aberdeen gellte der Alarm los. „Und jetzt starten Sie die Torpedoabwehr.“
An Deck der Aberdeen drehten sich die Kavitationstorpedoabwehrsysteme und eröffneten das Feuer. Einer nach dem anderen explodierten die Torpedos im Was-

ser und erzeugten gigantische Fontänen. Dann erreichten die übrigen die Aberdeen und die anderen Schiffe der VSE-Flotte. Jedes Schiff erlitt mehrere Treffer und die Detonationen der Lenkwaffen schüttelten Schiffe wie Besatzung durch. Auf mehreren Decks der Aberdeen waren große Löcher in den gepanzerten Rumpf geschlagen worden, durch die das Seewasser strömte. Dann aktivierte sich das Schadensregulierungssystem und binnen Sekunden waren die Löcher und die anliegenden Räume mit schnell aushärtendem Schaum versiegelt.

„Schadensbericht!", forderte Kapitän Oberwasser. Während der Matrose der Schadensregulierung berichtete, detonierten die restlichen Torpedos des Flugzeugangriffs an den Bordwänden der anderen WEI-Schiffe. Die Rotterdam bekam starke Schlagseite, schlug aber unvermindert mit all ihrer Kraft zurück. Raketensalve nach Raketensalve stieg in die Luft und nahm Kurs auf die Tin Lilly und die NRAN- Schiffe. Währenddessen hatten die F-354 Staffeln gewendet und gingen nun als Schwarm im Tiefflug auf die Aberdeen und ihre Schwesterschiffe los. Erneut wurden Raketen abgeschossen und eine zweite, gewaltige Salve raste auf Admiral Müller-Ebenbachs Flotte zu. Die Lyon, mittlerweile in noch deutlichere Schräglage geraten, schoss mit den ihr verbleibenden aktiven Autokanonen auf die Raketensalve sowie auf die Skylighter. Doch durch die Schräglage des Schiffes konnten nur die Steuerbordlafetten feuern. Tausende Schuss Munition durchjagten die Luft auf dem Weg zu ihren Zielen. Es gelang dem KI-System der Lyon, gut die Hälfte der ankommenden Raketen zu vernichten, doch die Hälfte von zweihundert waren immer

noch mehr als genug. Wie ein göttlicher Racheakt
senkte sich die Raketensalve auf die Schiffe der VSE
nieder und überzog Deck und Bordwand mit Explosionen. Ein gutes Dutzend Raketen schlug in die Brücke
der Aberdeen ein und jagte die Seelen der Brückenbe-
satzung zur Hölle. Dem restlichen Schiff erging es
kaum besser und schon bald war es nur noch ein totes
Gewicht im Wasser, steuerlos und nur von den Seelen
der Verdammten bewohnt. Auch die übrigen Schiffe
der VSE steckten eine Unmenge Treffer ein, doch
erwiesen sie sich als erstaunlich widerstandsfähig. Der
Raketenkreuzer feuerte ohne Unterbrechung und die
schweren Kreuzer eröffneten das Feuer aus ihren Ar-
tilleriegeschützen. Waren sie bisher mit voller Kraft
gefahren, um den Raketenschlag der Rotterdam möglichst nah an den Feind zu führen, um die Vorwarnzeit
zu verringern und gleichzeitig den Rest der Flotte in
effektive Kampfentfernung zu bringen, so verringerten sie nun die Geschwindigkeit, um zielgenauer
schießen zu können. Die schweren Artilleriegeschosse
jagten durch die Luft und schlugen nur wenig später
in das Deck des amerikanischen Flugzeugträgers ein.
Metall barst unter klagendem Stöhnen und das Schiff
wurde in eine Feuerlohe aus Flammen und Rauch
gehüllt, während die Vernichtung ihren Lauf nahm.
Die Brücke des Flugzeugträgers, ebenso wie die Flug-
decks wurden vernichtet. Dann nach einer Reihe
schwerer Einschläge auf dem Achterdeck, gelang es
einem der zweihundert Kilo Geschosse, Deck nach
Deck zu durchschlagen und in den Kernreaktor des
Schiffes vorzudringen. Die Matrosen, die den Reaktor
des Trägers betreuten, starben in dem Moment, als das
Geschoss einschlug. Die Aggregate des Reaktors

wurden zerstört und erreichten einen superkritischen Zustand. Alle Regelmechanismen und Sicherheitsfaktoren waren entweder zerstört worden oder jagten sich gerade durch die freigesetzte Strahlung im digitalen Nirwana im Kreis. Kurze Zeit später kam es zur fatalen Konsequenz nicht mehr beherrschbarer Kernkraft und ein heller Blitz durchzuckte erneut das Karibische Meer. Donner grollte und Blitze zuckten als der EMP durch die Atmosphäre raste. Dann folgte eine Hitze- und Druckwelle, die auf dem offenen Meer ins Leere lief. Der Flugzeugträger wurde regelrecht atomisiert und in kleinste Teile gerissen. Ein gigantischer Atompilz raste kilometerweit in die Luft empor.

Auf der Tin Lilly schloss Steuermann Itho geblendet die Augen. Dann erreichte die Hitzewelle den Frachter und verdampfte den Lack. Auch Skylas neue Lackierung nahm Schaden. Die Druckwelle, die dicht darauffolgte, überstand sie jedoch dank ihrer robusten Konstitution schadlos. Den Menschen an Bord gelang dies nur minder gut. Verbrannt und mit mittelschwerem Barotrauma taumelten die Überlebenden auf der Brücke auf der Suche nach Hilfe durcheinander. Auch Itho, immer noch geblendet, krabbelte über das Deck. Dann schlug eine Rakete der Rotterdam in die Seite des Frachters ein. Der Gefechtskopf der Rakete durchschlug die Hülle, als wäre sie aus recyceltem Papier und eröffnete ein großes Loch im Rumpf. Da dem Frachter die modernen Schadensregulationsmechanismen der Kriegsschiffe fehlten, lief er nun immer schneller werdend voll mit Wasser. Bald schon bekam er Schlagseite. Es führte kein Weg daran vorbei. Das Schiff sank und mit ihm alle die darauf waren.

Die gigantische Explosion blieb auch von Skyla nicht unbemerkt. Die Tupolew spürte es heiß auf ihrer rechten Seite werden, gefolgt von einem heftigen Druck. Das war ganz klar erneut eine Atomwaffe oder aber einer der Reaktoren der atombetriebenen Schiffe. Bei den Europäern wunderte es sie nicht, erlebte doch die Kernkraft eine Renaissance als klimaschonendes Verfahren. Sie erinnerte sich noch daran, wie versucht wurde, die Endprodukte nach Russland zu exportieren und als dieses absagte, gingen sie nach Afrika. Auf einmal spürte Skyla Wasser an den Fahrwerksbeinen, welches immer höher stieg. Panik stieg in ihr auf und sie versuchte, sich aufzubäumen und loszureißen, was ihr allerdings nicht gelang. Dafür zerbiss sie den Knebel und der Sand rieselte aus dem Sack, bis er nur noch ein schlaffer Lappen war. Jetzt konnte die Tupolew um Hilfe schreien.

Auch Shirley und Billy bemerkten, dass hier etwas nicht stimmte. Sehr rasch liefen die unteren Decks voll und sie mussten sich beeilen, um hier noch lebend heraus zu kommen. Mehr schwimmend als rennend legten sie den Weg zu den Aufstiegsleitern zurück und kletterten empor. Schon von weitem hörten sie Skyla brüllen und als sie oben ankamen, sahen sie auch den Grund. Auch hier stand das Wasser bereits mehr als kniehoch und überflutete bereits das gesamte Deck. Und als ob das nicht genug wäre, neigte sich der Kahn immer mehr zur Seite.
„Verdammt, wir sinken!", rief Billy und schaute sich um. Außer Shirley und ihr befanden sich keine weiteren Menschen in dem Bereich. Das Flugzeug schien noch immer angekettet zu sein, auch wenn es sich

102

verzweifelt zu befreien versuchte. Die Kanadierin schritt sofort zur Tat und machte sich daran, die Fesseln zu lösen.

Miguel hatte immer noch Zeit für seine Späße. Als er vor Achmeds Zelle stand, grinste er ihm zu. „Soll ich dir etwa helfen?"

Der Wrestler schnaubte wütend, da ihm die Brühe bereits bis zum Bauchnabel stand. „Hol mich hier raus, du Affe! Mach schon!"

Miguel schoss mehrmals auf das Türschloss, doch aufgrund der Wassermassen ließ sich die Tür nur sehr schwer öffnen. Hier kam Achmed seine gewaltige Kraft zugute und schließlich schaffte er es, ehe sich beide ebenfalls an Deck begaben. Dort befanden sich die bereits bekannten Frauen, von denen sich eine immer wieder ins Wasser kniete, um die Ketten am Fahrwerk zu lösen, während die andere Maulaffen feilhielt.

„Ich glaube nicht, dass es noch etwas bringt", meinte Billy nun. „Lassen wir die Mühle absaufen und retten unsere eigene Haut."

„Niemals!", zischte die Kanadierin.

Miguel hörte das und sah seine Chance gekommen. Ihm war wohl nicht entgangen, dass Shirley eine Menge Geld für das Flugzeug geboten hatte, sogar noch mehr, als dieser verrückte Prediger in Tennessee. Warum also nicht versuchen, sich ein Stück des Kuchens zu sichern? Er trat hinzu und richtete seine große Pistole auf die Ketten.

„Doomhammer, jetzt müssen wir mal etwas Gutes tun", rief er dabei und gab sich wie immer gleich selbst die Antwort. „Ja, das sollten wir. Endlich ein vernünftiger Gedanke."

Auch Billy half nun mit, zog ihr Messer und begann, an den dicken Seilen herumzusäbeln. Es dauerte ewig, da Skyla regelrecht wie ein Postpaket verschnürt war und das Wasser immer weiter stieg. Miguel gelang es, eine der Ketten zu durchschießen, doch im selben Moment legte sich die Tin Lilly noch stärker zur Seite. Die vier Leute kamen ins Rutschen und mussten sich an dem Taugewirr festhalten. Auch die Tupolew konnte sich nicht mehr gerade halten, doch noch verhinderten die Fesseln ein Umkippen.
Billy hielt kurz inne. „Wenn wir die Maschine losmachen, dann wird sie unweigerlich vom Kahn stürzen. Wir werden sie nicht retten können."
Shirley war keinem Argument zugänglich. „Ich werde nicht aufgeben."
Die Baphomet 3 griff unterdessen aktiv in den Kampf ein und feuerte weitere Mini-Bohr-Torpedos ab. Einer der leichten Kreuzer, sowie die Rotterdam, ohnehin bereits manövrierunfähig, wurden ohne Gnade versenkt. Da bemerkte Silas, wie schief die Tin Lilly im Wasser lag. „Die säuft ab, wir müssen schnell etwas tun!", schrie er völlig außer sich, sprang auf und fuchtelte mit den Armen herum.
Auch sein Onkel war aufgelöst. „Wir können nur versuchen, den Kahn zu stabilisieren, indem wir dagegen drücken. Nur scheint er ein Leck zu haben, schaut doch, wie tief er liegt. Und das nächste Land ist mehr als 10 Seemeilen entfernt."
Das U-Boot fuhr an die Tin Lilly heran und presste sich mit seinem Schub dagegen, um wenigstens die Schlagseite aufzuheben. Da geschah es, Silas öffnete die Luke und sprang heraus, um an Deck des Lastkahns zu klettern. „Skyla, ich komme und helfe dir!"

Der Tupolew stand das Wasser mittlerweile bis fast zum Bauch, was nicht gerade dazu beitrug, ihre Furcht zu mindern. Und noch immer waren mehr als die Hälfte aller Seile und Ketten nicht gelöst.

„Wenn gar nichts hilft, müssen wir ihr die Beine abtrennen“, schlug Billy vor, was erwartungsgemäß auf wenig Gegenliebe stieß.

„Vergiss es“, schnaubte Shirley und hob den Kopf. „Sind hier nicht noch irgendwelche Ami-Kähne? Die könnten das Flugzeug rechts und links mit Seilen sichern. So liegt es zwar im Wasser, geht aber nicht unter.“

Achmed, der gerade auftauchte, nachdem er versucht hatte, eine Kette zu lösen, nickte. „Ich schau mal nach.“

Als er auf die Reling, die schon nicht mehr als solche zu erkennen war, zu schwamm, erblickte er einen hochgewachsenen, schlaksigen Jungen mit langen, blonden Haaren. „Wer bist du denn?“

Silas blickte in das verkniffene Gesicht eines muskulösen Mannes, der vor Kraft kaum noch gehen konnte. Einschüchtern ließ er sich jedoch nicht. „Ich bin hier, um Skyla zu retten.“

Er antwortete auf Englisch, damit der Riese ihn auch verstand. Der nahm an, dass er ein Schiffsjunge der Amerikaner sei und wandte sich wieder der Tupolew zu. „Wir müssen sie losketten. Wenn sie mal nicht so zappeln würde“

„Skyla, ich bin es, Silas“, flüsterte der Jugendliche dem Flugzeug zu. „Wir retten dich.“

Tatsächlich beruhigte sich Skyla etwas, so hatten die vier anderen es etwas leichter. Doch ohne vernünftiges Equipment war es ihnen nicht möglich, die Tupolew zu befreien.

„Das schaffen wir nicht", schnaufte Billy außer Atem, nachdem sie zum wiederholten Male getaucht war. Der Einsatz von Miguels Waffe wurden ebenfalls mit steigendem Wasserstand unmöglich. Immer wieder tauchten die vier ab, um in dem nun mehr als brusttiefen Wasser, Skylas Fesseln zu lösen. Zu allem Übel wurde nun auch der Seegang heftiger. Silas wurde von einer Welle erfasst und ins Meer gespült. Achmed drohte das Gleiche, ihm gelang es allerdings, sich festzuhalten, nicht zuletzt aufgrund seiner Masse, die mindestens das Dreifache der des Jungen betrug. Skyla schlugen die ersten Brecher ins Gesicht, worauf sie schnaufte und hustete und bemerkte deshalb kaum, dass die Decke über ihren Augen verrutschte. Schließlich resignierte Shirley. „Verdammt, das wird nichts. Ich kann nicht mehr."

Miguel und Billy stimmten ihr zu, auch sie waren völlig aus der Puste.

Das Jahr 2060.
Die Welt ist gespalten. Durst bestimmt das Leben auf der Erde. Die Folgen des Klimawandels, Wasserknappheit und Umweltvernichtung zeichnen den Alltag aus. Großkonzerne wie Goldwater und Waterproof European Incorporated beherrschen die Machtblöcke der Welt. Die Neue Republik Amerika und die Vereinigten Staaten von Europa führen einen erbitterten Krieg um die Wasservorräte der Erde.

In ihrer grenzenlosen Gier nach Wasser für die, auf zwölf Milliarden angewachsene, dürstende Bevölkerung, ziehen Sammlerschiffe der Konzerne unter Militärschutz in die Polargebiete, um dort Süßwasser aus dem Eis zu gewinnen.

Eine kleine Gruppe Freiheitskämpfer hat sich unter Skylas Führung zu den Eispiraten zusammengeschlossen. Gemein-sam mit Komodo, ihrer ersten Hand, bekämpfen sie mit modernster Technik den Raubbau in der Antarktis.

Das Jahr 2060.
Der Krieg hat Einzug in die Antarktis gehalten. Skyla und Komodo kämpfen für die Eispiraten im Namen der Umwelt, der Tiere und der freien KI gegen die Tyrannei der Großmächte.

Kira Hanuffson findet sich als Überlebende im Strudel der Ereignisse gefangen, nachdem die Flotte der Vereinigten Staaten von Europa zerstört wurde.
Skrupellose Machtmenschen, für die Leben und Umwelt nur Spielmarken sind, lenken die Ereignisse.

Nun ist es an der Zeit, für die Eispiraten, von einer kleinen Gruppe Widerstandskämpfer zu einem global Player heranzuwachsen und den Lauf der Welt zu beeinflussen. Skyla, Komodo, Kira und Hagelstolz prägen die Geschehnisse, mit unabsehbaren Folgen für die Welt.

Die Lage spitzt sich zu, als die Amerikaner weltraumge-
stützte Massenvernichtungswaffen einsetzen. Skyla kann
dem gewaltigen Angriff nur mit knapper Not entkommen.
Schwer verletzt und von ihren Mitstreitern getrennt, kämpft
sie sich durch Kälte und heftige Schneestürme, um die
letzte Bastion der Eispiraten, die Wostok-Station, zu erreichen.

Die überlebenden europäischen Soldaten sehen keine andere Möglichkeit, als mit den ebenfalls stark dezimierten
Eispiraten zusammenzuarbeiten, um der immer weiter
wachsenden Übermacht der Amerikaner standzuhalten.

In Groß-China entschließt man sich unterdessen, einen ganz
anderen Weg zu gehen, um der Wasserknappheit Herr zu
werden. Mittels des erneuerten Raumfahrtprogramms werden mutige junge Leute auf eine Reise zu den Asteroiden
geschickt, um dort Eis abzubauen.

Der Kampf der Eispiraten um Skyla gegen die beiden größten Machtblöcke der Welt eskaliert. Die NRA setzt im Krieg auf hochwertige künstliche Intelligenzen und marschiert in der Antarktis ein. Gleichzeitig erreicht die Angriffsflotte der VSE den Evakuierungspunkt an der Eiskante zur Davis-See. Skyla zieht sich angeschlagen zurück, doch pausenlose Attacken zehren an ihr und ihren Gefährten. Schließlich stehen ihre Begleiter aus Europa vor einer schweren Entscheidung.

Der General der Space Force, John Nimiz, schreitet unterdessen in einem unbekannten Land einer ungewissen Zukunft entgegen. Das Raumfahrtprogramm der Chinesen könnte Groß-China eine neue Perspektive eröffnen.
In der NRA formiert sich mit der, vom Fanatiker Leo Henricus geführten, Anti-KI-Association of America eine gefährliche neue Kraft. Langsam rücken die Spieler auf dem globalen Schachbrett Erde ihre Figuren und nach der Eröffnung folgt das Mittelspiel.
Die Risiken steigen, doch der potentielle Gewinn relativiert Menschen-, Tier-, und KI-Leben.

Die Wostok-Basis ist gefallen! Skyla und Ihre Mitstreiter befinden sich im verzweifelten Rückzugsgefecht mit den Kräften der amerikanischen Armee. Im Kampfgetümmel gibt es nur eine Richtung: Nach Vorne! Das hohe Kopfgeld auf Skyla sorgt dafür, dass sich die Soldaten mit Todesverachtung in den Kampf werfen. Auch etliche zwielichtige Gestalten sammeln sich, um den hohen Preis zu erringen. Wird die Flucht trotz der gnadenlosen Jagd gelingen?

In der gesamten NRA kam es nach dem Bekanntwerden der Kopfgeldprämie zu tumultartigen Szenen, in denen fortgeschrittene KIs gefangen, beschlagnahmt und zerstört wurden. Der stete Zulauf, den seine Bewegung nach der Ansprache des Präsidenten erfuhr, sowie der Überschwang an Maschinen, die seine Gläubigen für das Büßerfest lieferten, erfüllten Prediger Henricus mit Zufriedenheit. Bald wäre seine Glaubensgemeinschaft zahlreich genug, um weitreichende Veränderungen im Land durchzusetzen. Und mit der Unterstützung des Präsidenten waren die KIs dem Untergang geweiht.

Die Bekanntgabe des Kopfgeldes, welches die Amerikaner auf Skyla aussetzen, lockt eine Menge Sonderlinge, Freaks und Glücksritter an, die sich auf den Weg in die Antarktis machen. Durch einen perfiden Trick gelingt es ihnen tatsächlich, die Anführerin der Eispiraten gefangen zu nehmen.

Nun soll sie in die NRA gebracht werden, doch Dr. Cosack schläft nicht. Nachdem sie auf einen rostigen Seelenverkäufer geschafft wird, schickt er Komodo und die anderen mit neuen Robo-Mastern in Richtung Neue Republik Amerika.

Der Aufmarsch der Freaks geht nicht lange gut und nach dem ersten Mord wird die Lage an Bord turbulent. Billy Noel Joel, Kopfgeldjägerin aus den NRA und ihre Geliebte, die Flugzeugsammlerin Shirley Lightoller, sind nur ein seltsames Pärchen unter den vielen Sonderlingen auf der Tin Lilly.
Als Freaks, amerikanische Soldaten und die VSE aufeinandertreffen, wird es ernst für Skyla.

A.Tupolewa ist eine autistische Autorin aus Dresden. 1981 geboren, brachte sie sich mit vier Jahren selbst das Lesen bei und verschlang von da an ein Buch nach dem anderen. Später erwachte der Wunsch, selbst zu schreiben, um der Welt zu zeigen, dass Autisten nicht nur Biographien verfassen können. Sie hat inzwischen mehrere Kurzgeschichten, unter anderem „Der letzte Flug der Menschheit" bei dem Shadodex-Verlag, veröffentlicht. Zu ihren Hobbys zählen neben dem Schreiben russische Flugzeuge, Tiere und das Sammeln von Figuren. Tupolewa lebt mit einer Katze und mehreren Meerschweinchen in Dresden.

Bastian J. Kurz liebt das Lesen und das Schreiben. In ihm brannte schon immer der Wunsch Schriftsteller zu werden. Also tat er, was er für das Beste hielt. Er las so viel er konnte. Bald gelang es ihm mehr und mehr, das was er Fantastisches im Kopf hatte, auch zu Papier zu bringen. Bastian ist Geschichtenerzähler. Früher wäre er von Dorf zu Dorf gewandert und hätte, für so manch guten Schluck, von fernen Ländern und überstandenen Gefahren berichtet. Er lebt in der Nähe von Würzburg und widmet sich jeden Tag seiner Leidenschaft: Dem Schreiben. Zu seinen sonstigen Interessen gehören Pen&Paper RPGs, MMORPGs, sowie Grafikbearbeitung und Papa sein.